風祭《かざまつり》伊吹《いぶき》
『清咲の紅桜』、生徒会長兼、
不良を抑える総長サマ
生徒会長
UN263636
illustration©YUUJI NIMURA

芙蓉《ふよう》蓮子《れんね》
純情まっすぐな特攻隊長、
通称レンコン
新城《しんじょう》仁亜子《にあこ》
厳しすぎる風紀委員、
生徒会のライバル？

上等！
生徒会長サマの花道
上原りょう
illustration◎仁村有志
美少女文庫
FRANCE SHOIN

紅桜のプロローグ　少年と会長サマと特攻服

仙堂帯刀《せんどうたてわき》は前を見据える。

目の前にはいろいろとやばそうな顔。一言でいって凶悪。太い眉の下では、胡乱《うろん》な三白眼がギラリと輝き、額には三日月型のキズが刻まれていた。

目の前の男がニヤリと嗤った。

その恐ろしい笑顔と三白眼《さんぱくがん》のコンボはあまりに強烈だった。

膝を折り、うな垂れる。

まさか自分の顔を見て、ダウンする日が来ようとは。

学校のトイレの洗面台でのことだ。邪悪な笑みは、帯刀が満を持して浮かべたなんの衒《てら》いのない美しい笑み、になる予定だった。三白眼に見えてしまっているのは近眼のせい。額のキズは小学生の時についたものだ。

この顔のせいで今までどれほどの誤解を与え、受けつづけたことか。

もはや涙なしには語れない。

中学生の時、好きになった女の子への告白に臨めば、相手から間髪入れずに「これで勘弁してください」とお財布を差しだされた。

従妹《いとこ》（小六）と一緒に散歩していれば警官に囲まれ、連行されかかったこともある。

幼い頃から空手をやっていてそれなりにガッシリとした体つきとこの顔のせいで、絡まれることも珍しくない。中学に入学したての頃はいったい誰が流したのか、『百人の族をたった一人で壊滅させた伝説の男』という噂が勝手に広まり、何人もの危ない先輩たちから目をつけられ、毎日緊張の連続だった。

帯刀は生まれてこの方、喧嘩なんてしたためしがない非暴力の平和主義者だ。

だがしかし、そんなことを再確認するためにわざわざ自分の顔とにらめっこしていたわけでは、もちろんない。告白という一大事を前にした、これは儀式だ。

「よし」

気合を入れてトイレから出る。ちょうどトイレに入ろうとした生徒がぎょっとして飛び退くのが眼の端に映った。

しかし緊張感で強張った表情はほぐせない。

なんせ相手は、ここ県立清咲学院《せいしょうがくいん》の生徒会長なのだから。

風祭伊吹《かざまつりいぶき》には一目ボレ。出会いは入学式だった。

神経の細い帯刀は前夜からの緊張のせいで寝つけず、寝坊したのだ。

そしてその人は校庭の桜吹雪のなかにいた。

『新入生か？』

その人は『厭離穢土《おんりえど》　欣求浄土《ごんぐじょうど》』の文字を背負った深紅の特攻服に足首まで達する長いスカート、額には尻尾の長い鉢巻きをまとっていた。

長い手足に、芸能人のような小顔。緑の髪は腰のところまでゆったりと流れ、キリッとした柳眉に二重で切れ長の瞳、透明度のある柔肌が陽だまりのなかできらきらと眩しい。

女性にしては体格がよい。といっても屈強ではなく、あくまでしなやか。長い年月をかけて天高く伸びあがった樹木を思わせた。

『体育館はあちらだ。もう式ははじまっているぞ、急げ』

『は、はい』

『……待て』

『はいっ』

まさかその人が生徒会長であるなんてことを知らなかった帯刀は、入学早々絞められるのかと背筋を冷たくした。でもかけられた言葉はまったく違った。

『入学おめでとう。ここでの三年間がきみにとって実り多きことを祈る』

（ああ、生徒会長さんっ！）

あの時のことを思いだすにつけ、帯刀は熱に浮かされ陶然となった。

この気持ちは入学式から一カ月経った今でも鮮やかだ。だからこそ告白しようと決心したのだ。

もちろん、この学校において生徒会長という存在がいかに好奇の眼を注がれるものであるかは承知している。しかしそれが恋心を挫《くじ》く要素にはならなかった。


清咲学院における生徒会長、それはこの地域一帯の不良たちをまとめあげる、いわば族の長の地位を兼ねる存在。

今でこそ平和な学校だが校内暴力の嵐が吹き荒れた二、三十年前は清咲は県内におけるワルのネットワークの中心だった。

そして生徒会長選挙の決め手は拳。生徒会長＝最強、清咲最強＝喧嘩巧者、という図式が半ばブランド化し、他県からもワルがどっと押し寄せて……という具合で、清咲の生徒会長は尊敬の意味をこめて総長と呼ばれた。

そして二十一世紀の今、すっかり落ち着いた学院内においてただ一人、伝統を守りつづけているのが生徒会長、風祭伊吹その人だ。

彼女が授業中、休み時間を問わず特攻服の裾を翻《ひるがえ》し、学院内を闊歩《かっぽ》している姿は見慣れた光景だ。といっても手当たり次第に喧嘩をふっかけたり、教師にたてついたりするわけではない。これも古くからのしきたりで、かつてワルの掃き溜めだった当時、生徒会長兼総長は無駄に血気盛んなワルたちの暴発へ常に眼を光らせ、万が一の時は事態の収拾に務めていた。いわば清咲の生徒会長はワルの世界と一般世俗とを分ける門番だった。

そして伊吹は今も律儀にその伝統を守っている。

誰が言ったか、特攻服にちりばめられた桜の模様から『清咲の紅桜《べにざくら》』。

「ここだ」

帯刀は緊張に高鳴る胸を押さえ、生徒会室の扉をノックをする。

「入れ」

「し、失礼します」

テーブルに両足を乗せた伊吹に迎えられる。

帯刀が入室すると彼女はやにわに立ちあがり、舞い散る桜の儚《はかな》さを眺めていた時と同じ黒目がちな瞳で見据えてくる。

素肌の上に直接はおった特攻服。サラシが巻かれた胸がかすかに上下に揺れた。

「誰だ」

「一年C組、仙堂帯刀と、も、ももも、申しまぷっ！」

全身が粟立つような気迫に噛んでしまう。

「……そうか。それで一年がなんの用だ」

「あの、その」

「はっきり言え」

拳をぎゅっと握りしめる。

「会長！　あなたのことが好きですっ！」

一瞬、間が空く。伊吹はやっぱり驚きに目を見開いてきょとんとしていた。

(そうだよな。いきなり告白されたらやっぱりそんな顔しちゃうよな。うわあああああ、やっぱり前もってちゃんと手紙くらい渡しておくんだった……)

帯刀がひどい後悔に打ちのめされていると。

「ふ、ふふ……くく……はは……はは、はははははははっ！」

伊吹は腹を抱えて笑いだした。大人びた美形が子どもっぽくくしゃくしゃになる。

「生徒会長室にのりこんできてすることが、告白か！　こんなことははじめてだぞ。正直、顔が殺気立っていたからカチコミかと思ったぞ」

伊吹は目尻の涙をそっとぬぐう。

「……まあそれはともかく、ありがとう、お前の気持ち、うれしく思う」

まさか、と期待に胸がふくらみかけたが。

伊吹は首を小さく振った。

「すまない。今は色恋に興味はないんだ。私にはやらなくてはならないことがある。しかしお前のその気持ち、ありがたく思うぞ。お前にとっては失恋ということになるだろうが、挫折は人生の肥やしだ」

バッサリやられた。玉砕だ。

でもこのまま、すごすごとなんて帰りたくない。

一秒でも多く、伊吹と同じ空間を共有したかった。

「やらなくてはいけないことってなんですか」

「この学校をどう思う。平和か？」

「だと思いますけど」

伊吹はうなずいた。

「かつてこの一帯のワルたちを取り仕切った我が校の伝統は今や風前の灯火《ともしび》だ。たしかにこれが時代の流れだろう。だが私は第九十九代生徒会長としてそれを見過ごすわけにはいかない。先輩方に対して顔向けができない。私は先輩方の意思……漢《おとこ》の、そして姐《おんな》の道を教えることが、今の私の責務であると考えている」

「お、俺に手伝えませんか!?」

鋭い睨みが飛んできた。

「そう言えば、私が喜ぶと？　お前の気持ちはさっきのでわかった。しかし、安易な迎合を私が好むとでも思ったのか」

ドスの利《き》いた声に肝《きも》が冷えるが、帯刀は声を絞りだす。

「違います。俺は純粋に会長のことをお手伝いしたいと思ったんです。たしかに俺は不良じゃないですけど、でもお手伝いしたいと思った気持ちに偽りはありません！」

「……そうか。よくよく見ると筋肉のつくりからして武道を嗜《たしな》んでいるようだな」

「空手を少し。黒帯です」

「帯の色に興味はない」

「すみま――」

せん、という言葉を言うか言わないかのタイミングで、伊吹が目の前から消えた。

刹那《せつな》、視界の外から鋭い中段蹴りが飛ぶ。

咄嗟に脇腹を守るも、防御を貫通するほどの重い一撃を浴びせかけられ壁に叩きつけられた。

(今の、本当に、蹴り、かよ……)

痛みにクラクラしながら眼を開けると、伊吹に見下ろされていた。

「実戦向きではないな」

手を伸ばされた。まるで名工の手による芸術作品のように繊細かつ巧緻な指先をぼけっと見ていると、手首をつかまれて引っ張り起こされる。

伊吹は帯刀よりも頭半分ほど背が低い。しかし彼女から漲《みなぎ》る闘気の強さはあらゆるものを一呑みにしてしまうくらい強烈だ。

「す、すみません……」

「謝るな」鋭く睨まれる。「不用意に頭をさげれば、人は卑屈になることに対して抵抗がなくなる。プライドが消え、自信もなくなる。心に卑下が生まれる。それになによりも、漢がすたる。そんなことでは私の下ではとても務まらないぞ」

「え？」

伊吹は凛々しい笑みを見せた。

「今の反応感度は悪くない。磨けば光る、と見た。それにこれから学院を背負って立つであろう一年生が一人でも多く傍にいてくれることは頼もしい」

「頑張りますっ」

「漢を磨け。磨けば磨くほど、魅力的に人はなれる――帯刀、いいなっ」

「はい！」

名前を呼んでもらった。感動の震えがジーンと駆け抜けた。

初体験の章　私にふさわしい漢へなれよ♥

「おい！　新人遅いぞ！」

　朝、生徒会に顔を出すと第一声から叱咤を飛ばされた。

　声の主は、帯刀と同学年の芙蓉蓮子《ふようれんね》。セミロングの髪にまだ幼さの残るあどけない表情（そしてスタイル）の少女だ。腕にはなぜか包帯が巻かれ（このことについて尋ねたら、『この包帯？　くふふ。しょせん、持たぬ者に持つ者の背負うものの重みはわからないわよね！』――と言われた）、常に木刀を携帯している。

　彼女は清咲学院の総長である伊吹に入学早々対決を挑み、敗北。しかしその実力を認められて生徒会入りした、同学年ながら帯刀の先輩だ。

　実際、見習いの帯刀とは違い、生徒会書記兼特攻隊長の役職に就き、白の特攻服が与えられている。その背中には『天下無双』の文字。伊吹ほどではないにしろ、『清咲の猛牛』として露払いを請け負っているのだ。

「いいか、馬鹿たれ。あたしたちはこの付近一帯を守ることが使命なんだ。甘ったれた学生気分で守れるか。まったく、これだから新人は困るぜえ！」

「レンコン、いつになく気合いが入ってるじゃないか。後輩ができたことがそんなにうれしいか？」

「うれしいというよりもまだ、不安が勝ちます。我々は守られるべき側ではなく、守るべき存在ですから。いつまでも弱い側でいられても困りますっ」

「そう厳しいことを言うな。帯刀はまだ来たばかり。自覚があまりないのだろう」

「むう。総長は、なぜだか知りませんがコイツに甘すぎる気がします！」

伊吹は苦笑しながら席を立つ。

「……では、巡回に出かけよう。帯刀は巡回ははじめてだったな」

特攻隊長であり、また旗持ち（清咲の校旗）でもある蓮子を先頭に、総長である伊吹、見習いの帯刀という並びで廊下を練り歩く。

女子は左右にどきながら、眼を輝かせて伊吹のことを見ている。

伊吹の怜悧《れいり》な容色は同性を簡単に魅了してしまうのだ。

しかし当然、なかには伊吹たちのことを時代錯誤やら見せ物と囁《ささや》く者たちがいる。

「帯刀、よそ見をするな」

「ですがっ」

馬鹿にした笑いを浮かべている生徒の姿に拳をぎゅっと握りしめる。

「言いたいやつには言わせておけ。なにも我々は賛辞を受けたくてこんなことをやっているわけではないんだから」

「でも……」

「なら、お前は警察が日常的に活躍するのが望ましいと思うか。警察が日々賞賛される日々にどれほどの価値がある。我々は日常生活から浮き、非日常であることが好ましいんだ」

伊吹の信奉者でもある蓮子もそれを理解しているのか、陰口が聞こえても平然としている。

「言いたいやつらには言わせておけ。遠吠えはなにも生まんからな。……っと。おやおや、にゃんこ殿の登場だ」

「にゃんこ言うんじゃないわよ！」

「だってにゃんこだろ。新城にゃんこ」

「新城仁亜子《しんじょうにあこ》よ、に・あ・こっ！　変なあだ名で呼ぶなっ!!」

帯刀たちの進行を塞いだのは金髪ポニテにハーフらしい青い眼の少女。制服の胸もとを力強く押しあげる圧巻のバストに思わず眼が向かった。

学院二年A組。風紀委員長、新城仁亜子。

伊吹と仁亜子は犬猿の仲だ。

「にゃんこ、そんなに怒っていったいどうした？」

だが実際、敵対意識を持っているのは仁亜子のほうで、伊吹のほうはといえばこのお決まりの構図を楽しんでいた。

「即時即刻即座に解散なさい！」

「エラそうにふんぞりかえって言うな」蓮子が身を乗りだした。「あたしたちを誰と心得ているんだ。生徒会だぞ生徒会。所詮、その下部組織にすぎない風紀委員がつべこべ言うんじゃない。この怪物オッパイめ！」

ギリギリと歯ぎしりが聞こえそうなくらいイライラしながら蓮子が反駁《はんばく》する。蓮子は蓮子で明らかに、胸のデカさへの僻《ひが》みが強い。

「こんな胸、もしあげられるものならもらって欲しいくらいよ。ま、それこそあなたが言うところの……持たぬ者に持つ者の背負うものの重みはわからない、といったところかしら」

「あたしの言葉をとるなぁ！　いいわ、だったらこっちも容赦《ようしゃ》しないんだから。この包帯を取ってやろうか!?」

「ふん。その包帯がなんなのよ。怪我もしてないくせに。ていうか、なんのための木刀よ！」

「この木刀は三次元の巨悪を成敗する用なんだ。お前みたいな二次元オッパイには、この秘密兵器を使うんだよ！」

「二次元ってなによ。これは現実よ、二次元じゃないわよ。だいたい、そこの女だって胸、デカいじゃない！」

「総長はヨシ！」

「だったらこれも合法よ合法。認めなさいよ、受け入れなさいよ、発育という現実を、個人差という壁を！」

風紀委員は自分の胸をこれみよがしに揺すってみせた。

周囲から、おぉっと歓声があがる。

風紀委員が率先して風紀を乱すなよ。

「ぐはっ！」

大揺れする胸を前に蓮子はなにかを噴きだし、肩で息をしながら口もとを手の甲で拭う。

「く、くふふー。蒙昧《もうまい》な政治家の世に生きる穢《けが》れた愚民め。あたしの身体のなかに封じられし闇の力によって、その魔獣オッパイを殲滅《せんめつ》してやるぜぇ。覚悟しろよぉっ！」

「盛りあがってきたなあ」伊吹はなぜか楽しそうだ。

風紀

「よし、帯刀。この事態を収拾してみせろ」

満足な反応もできないまま、背中を押される。

「えええ!?」

「オイ、邪魔すんじゃねえよ。お前も闇の力の餌食になりたいのか!?」

「い、いえ。邪魔するつもりは……えと」

伊吹を見ると、彼女は顎をしゃくるばかり。

「なによ今度は……ひい」

仁亜子は青ざめた。ワナワナと身体が震えている。

「ちょっとあなたたち、ぷ、プロを呼ぶなんて卑怯よ!」

「プロ……?」

仁亜子は風紀委員としての意地なのかその場に留まってはいるが、卒倒寸前でクラクラしていた。身体がこれでもかと言わんばかりに震えている。

「やっぱりあなたたちの魂胆はこれだったのね。この学校を混乱に陥れようったってそうはいかないわよ。こんな暴挙許されるわけない。これは恫喝《どうかつ》よ、事件よ。で、でもこんなことで私は引かないわよ!」

「あのー」

帯刀が近づけば、

「ひ、ひぃ！　こないでこないで神様仏様……南無阿弥陀仏アーメンアーメン！」

腰がぬけたらしい仁亜子は両手で顔を庇いながら、足をばたつかせて後退ろうと藻《も》掻《が》き足《あ》掻《が》く。

「先輩。我々は別になにもしていません。だから今日のところは見逃してくれませんか」

「見逃して欲しいのはこちらよぉ……ふぇっ……ふぇーっ……」

頬をひきつらせ、心なしか青い瞳が潤んでいた。

「勘違いをしているかもしれませんけど」

しかし仁亜子は帯刀の話を聞かず、キッとした視線を伊吹へ注ぐ。

「非力な私を追いつめるためにこんな手を使うなんて、ひ、卑怯よ。正々堂々の姐の道はどこへ行ったのよ！」

「その言われ方は心外だな。帯刀はれっきとしたうちの生徒だぞ」

「な、なんですって。生徒……？　生徒手帳を見せなさい。……ください」

仁亜子は震える手で生徒手帳を受け取る。

「ナ、ナルホド」

顔写真と帯刀自身を何度も見比べた。

「わかっただろ。ほら、これで涙をふけ」

「よ、余計なお世話よ。あんた達みたいな残念なのとなれ合ったらそれこそ風紀委員の名折れよ！」

「はっはっはっは。まったく、にゃんこはいつも元気がいいなぁ」

威勢のよさを回復した仁亜子を、伊吹が微笑《ほほえ》ましく見つめる。

「とにかく！　今日のところはこの辺で勘弁してあげることにするわ」

「腰抜かしながらなに、えらそうに言ってんだよ」

「う、うるさいわよ、暴走貧乳娘！」

「ブチ殺ぉすっ！」

飛びかかろうとする蓮子を押さえながら、伊吹が前に歩みでた。

「いいのか、私たちはまだつづけるぞ」

ぐっ、と呻きをあげた仁亜子だったが、強がって胸を張る（ぷるん）。

しかし帯刀とは決して目を会わせないようにしている。

「見物人がいなくなってしまっては示威行動も意味はないもの。それに三対一じゃ、体勢を立て直す必要もあるから。……うう、この歳でちびってしまうなんて不覚だわ」

最後のあたりはごにょごにょしていてよく聞こえない。

「センパイ。お手をどうぞ」仁亜子へ手を差し伸べる。

仁亜子は敵対組織から助けられることに抵抗があるのか、幾度か逡巡していたが、結局は渋々、手を握ってきた。

「大丈夫ですか」

「へ、平気よ。なによ、これくらい。全然別にちっとも怖くなかったわよ。まったく……だいたい、そんな顔、紛らわしいのよっ」

足をがくがくさせながら言った。

「ひ、ひどい……」

仁亜子は太腿をすりすりと擦り合わせながら、よたつきながら撤退していった。

「よくやったな」

「俺、なにかやったんでしょーか……?」

「戦わずして人の兵を屈するが善の善なるものなり……まさに見事な勝利。帯刀、よくやったぞ」

「ま。あの化け物オッパイもあとしばらくは生かしておいてやるかっ」

蓮子はフンと鼻を鳴らす。

とりあえず、伊吹から与えられた課題はクリアーできたらしかった。

教室に戻ると、クラスメートたちの視線を強く覚える。ただでさえ帯刀の顔は悪人ヅラで目立っているのに、生徒会に入ったことでさらに注目度が増していた。

「帯刀、おはようさん」

「玉城《たまき》、おはよ」

縁なしメガネをかけたクラスメートが声をかけてくる。玉城喜一郎《たまききいちろう》だ。

帯刀にとっては唯一仲が良いといえる友人で、入学早々、顔のことで遠巻きにされて孤立しているなか、臆することなく話しかけてくれた。

『俺は玉城喜一郎。愛称はタマキン！　よろしく！』

自己紹介に度肝を抜かれたが、彼のおかげでクラス内でもなんとかやっていける。

「今朝、見たぜ。うちの長とやり合ってたな」

風紀委員である玉城はニヤニヤしながら言った。

「やりあったっていうかなんというか。実際にはなにもしてないんだけど……」

「ああいうのをヘビの一睨みっていうんだな。まったく天晴《あっぱ》れだよ、天晴れ」

「睨んでなんかいない」タメ息まじりに言う。「真顔だよ」

「怒るなよ。睨むなって」

「に、睨んでない」

「そっか？　悪かった悪かったって」

もうイヤだと突っ伏したくなる。

「まあなんだ。うちの長を追いかえすなんて生徒会もすげぇルーキーが加入したなってうちでも有名だぜ?」

「あー、それは悪いことしたかな……。でもこっちも生徒会の人間としてさ」

「うんにゃ。逆だ。先輩たち、うちの長が逃げ帰ったことを知って喜んでるんだ。うちの長って、二年や三年からうざがられてるからさ」

「い、委員長なのに?」

「まあな。普通、委員会に全力投球なんてまずないだろ。部活じゃねぇんだからさ。テキトーに荷物検査して、挨拶《あいさつ》運動して、面倒だけど内申書に書くようなボランティア活動なんかもちょこちょこやっておけばいい、てな感じ。でも長は携帯電話の所持禁止とか学校の寄り道・買い食い禁止とか、そういう提案を真面目な顔してやるから反感受けててさぁ」

「それはいろいろ、困る」

「だろ。それでいろいろとこっちも大変なんだわ。……そっちはどうだ。憧れの生徒会長と一緒にいる感想は」

「かなりいい」

「おーおー。恋する男の顔しちゃって、うらやましいぜ。なあなあ。それでもう集会とかには参加したのか?」

「玉城、生徒会をなんだと思ってるんだ」

「オラァッ、いくぜゴラァ、野郎ドモ今日も湾岸ぶっとばすぜえ、集会だぁ！　とか」

「そんな会話したことない」

「うわ、マジで？　でも会長だって総長兼任だし、特攻服着てるし」

やっぱり生徒会の印象はそんな安易なワルの集団なのか。仕方がないとはいえ歯痒さを感じる。

伊吹が志向するのはワルというハードではなく、ワルをまとめあげていた清咲学院だからこそ培われた信義を守る、スジを通す……というソフトの伝承だ。

そんな伊吹が特攻服やら総長などの呼称に拘《こだわ》っているのは、自分の代でそれを途絶えさせては歴代の生徒会長たちに申し訳がたたないという彼女なりにスジを通した結果で、なにもそれを押しつけようという気はない。

完全に生徒会が色モノと見られてしまっている現状ではいくら説明しても、どれだけの人が理解してくれるかは怪しいが、それは仕方のないことだ。

第一、帯刀にしたって伊吹に一目ぼれしなければ生徒会と向き合おうなんてことは考えなかっただろう。

誰もが抱いているイメージを払拭できるだけのなにかが起きれば別だが、なかなかそれは現状では難しい。

「玉城、生徒会への印象をよくするにはどうしたらいいと思う?」

「んなの簡単さ」

「ホントか!?」

「生徒会長はプロポーション抜群だろ」

帯刀は好きな人のことを褒《ほ》められて力強くうなずく。

「今の露出も悪くないけど特攻服がやぼったいから、あれを水着に着替えて。それも普通のビキニ程度じゃだめだ。大切なところがやっと覆いきれるような生地で……」

「……うん」

「そうすりゃ、少なくとも男ドモの印象は一発で変わる」

「……で?」

「以上っ!」

「お前に聞いた俺が悪かった」

「ご愁傷《しゆうしよう》さん。……あと、どうでもいいことだが訂正が一つ。胸じゃ、うちの長も負けちゃいないからな。男ドモ全員を洗脳することは難しいぜ?」

「ほんっっっっっとにどうでもいいなっ!」

一時限目を知らせるチャイムが響いた。実りなき会話はこうして終わる。

「帯刀、この前の……なんと言ったか、アレはどうなった？」

放課後。生徒会室に入ると伊吹は言った。

先日、生徒会を親しみあるものにするにはどうすればいいのかを考えた結果、活動模様を撮影し、それを動画サイトへアップしようということになったのだ。

伊吹や蓮子はそういうものに疎《うと》いらしく、帯刀の意見にはすぐゴーサインが出た。

学校の備品であるノートパソコンを取りだしてサイトに接続する。

ここにはアップされた動画に、閲覧者たちが自由にコメントができる。

帯刀の操作を、後ろから伊吹と蓮子が興味津々に見守った。

「じゃあ動画を再生します」

アップされた動画が再生されると同時に、これまでの閲覧者たちの意見が画面上を横切りはじめた。

ナンテコッタwwwwwwwww　なんだこいつらw
私はこんなふうに育てた覚えはありませんよ。・゜・(つД`)・゜・。
この女の人、胸デカw
イタすぎる　これ、どこの高校？　→詮索無用w
DQN校登場？？　きらしキタ━━━（゜Ａ゜）━━━!!　おぱ━━━━━━ぃ

見ていられず、すぐに動画の再生を中止する。

「おおお！　すごい人気だな！　こんなに文字がいっぱい出るなんてあたしら、結構人気があるってことだよな！」

「えーっと……」

蓮子があまりに喜ぶものだから言葉につまってしまう。

「あれ。総長、どうしたんすか」

「……どうなんだ、帯刀。これは」

蓮子とは対称的に伊吹が深刻な声をもらした。

「総長、やだなぁ。当然、知名度も人気もうなぎのぼりに決まってるじゃないですか」

「……レンコン、お前、文字を読まなかったのか」

「えへへー。読もうとは思ったんですけど、あまりにたくさんあったたし、速いから読みそこなっちゃって。でも総長があんなにカッコよくうつってるんですもん。えへへ、えへ、えへへへー……。どうします、どうします。総長、あたしたちもしかしたらテレビに出ちゃうかも。そうしたら生徒会加入希望者はすごいっすよ、きっと！」

「ふ、芙蓉さん」

「あによぉ！　人がせっかく、アイドル歌手として……」

帯刀は画面上を横切っていたメッセージを一覧表示したものを見せる。

にこやかだった横顔はすぐに真っ赤に染まった。

「なんだよこれわあああ……！」

蓮子は犬歯を剝き、叫んだ。

「どういうことだ⁉　今のただの悪口じゃないか。それに総長のことを、いやらしい眼で許せねえええええぇぇぇ！」

まるで親の仇《かたき》のような視線が帯刀を射抜き、胸ぐらをつかまれ締めあげられた。

「ぎ、ぎぶ……ぎぶ、ぎ、ぶうっ……」

「レンコン、落ち着け」

「でも総長ぉっ！」

「帯刀に罪はない。顔が紙みたいに白くなる前に離してやれ」

解放された帯刀はゲホゲホとむせかえった。

「……期待していなかったが、これほどまでに予想通りだと笑える」

伊吹は微苦笑した。

「仙堂。すぐにあの文章を書いたやつらの住所を調べろ。特攻隊長であるあたしが全員に鉄槌をくだしてやるっ！」

「レンコン、落ち着け。ネットのなかにいる不特定多数の人間を相手にしたところで意味がないということだ」

「うぅーっ……」

蓮子は低く呻いた。帯刀も同じで無力感に苛まれる。

「今日はこれで解散とする。……帯刀、これからお前の家に行くが、大丈夫か？」

「はいっ！」

反射的に返事をしてから、「……は？」と思わず聞き直してしまう。

「だから帯刀の家に行くんだ。大切なご子息を生徒会で預かるのだから、やはり挨拶に行かねばなるまい」

「は、はあ……」

「手間はとらせない」

「わ、わかりました」

拒否できるわけもなく、力なくうなずいた。


「小さい家ですけれど……」

「いやいや充分立派なお宅じゃないか」

伊吹は見上げながら言った。今、彼女は特攻服から学院指定のセーラー服に着替えている。

　別にそれらしい装飾があるわけでもなく、一般学生とまったく同じなのに清楚に見える。

　伊吹曰《いわ》く、特攻服はあくまで戦闘服。公私を分けているということだ。

「このご時世に一戸建てなんて素晴らしいご両親なのだな」

「……ローン、ウン十年ですけど」

　帯刀は恥ずかしさに窒息しそうだ。

　まさかよりにもよって想い人を早くも家族に会わせることになろうとは。

「帯刀。それよりも手土産だが、もっとちゃんとしたものをデパートで買い直した方がよかったんじゃないか」

「め、めっそうもないです。うちの両親なんて、駅前のケーキで充分ですよ！」

「しかしそれにしたってシュークリームばかりではさすがに……」

「いいんですいいんです！　うちの両親は田舎者ですから！　シュークリームで充分なんです！」

　帯刀は玄関を開けようとして一時停止。最後の悪あがきと振りかえる。

「ほ、本当に入りますか……」

「しつこい。私に不義理をさせるつもりか」

「で、ですよねー」

浅くタメ息をつきつつ、玄関を開けた。

同時にリビングから女性がひょっこり顔を出す。

「夕っちゃんおかえりなさーい」

歳の割には幼さの残った母親が駆け寄ってくる。束ねて肩にひっかけた栗色の髪がぴょんと跳ねる。帯刀の母、今日子《きょうこ》だ。

「ご母堂、お邪魔いたします」

「あら。あらあらあらー?」

今日子は長身痩軀の美少女に眼を見開いた。

「わたくし、清咲学院二年A組、生徒会長を務めております、風祭伊吹と申します。このたびは生徒会に加入されましたご子息のことを預からせていただく身として挨拶までと思い、参上しました」

「まーまー。それはご丁寧にどーも。もう、夕っちゃんたらなにも言ってくれないんだもの。お母さんびっくりしちゃうじゃない。恋人を連れてきたものとばっかり……」

「母さん、やめろよ」

帯刀は耳を真っ赤にした。こんな子どもっぽいのが母親だなんて恥ずかしすぎる。

「風祭さん、ちょうど夕飯ができあがった頃だけれどいかが?」

「今日は挨拶にうかがっただけですので、これで失礼いたします。——あ、これはつまらないものですが」

ケーキの箱を受け取り「ご丁寧にどーも」と今日子は笑顔。

「でも遠慮しなくても大丈夫よ。もうすぐ正太郎《しょうたろう》サンも帰ってくると思うし。そ・れ・に。清咲の総長サンが、着慣れない制服で縮こまるなんて全然らしくないわ」

パチリとウインク。

「母さん、どうして……」

「ご、ご母堂」今日子の発言には、伊吹も驚いていた。

「とりあえずあがって。ね。詳しいお話はお食事しながらしましょう」

「しかし、そこまで甘えるわけには」

瞬間、それまでのほほんとしていた今日子の眼に鋭い光が走る。

「いいでしょう、『清咲の紅桜』さん」

今日子は鼻歌まじりに言った。

「わ、わかりました」

あの伊吹が息を呑んだ。

そしてリビングにて伊吹が特攻服姿を披露すれば、今日子はその姿を舐めるように見回す。伊吹は少し気まずそうだった。

「なつかしいわねえ」

「母さん、いい加減どういうことか話してよ。どうして総長のことを知ってるんだよ」

「そりゃあ知ってるわ。可愛い後輩のことですものぉ。といっても、かなり前のことだけどねえ。いつかそういう時が来たらタっちゃんにも教えようと思ったんだけど、タっちゃんてば顔ばっかりおっかないけど心身共にピュアでしょ。とても教えられなくて……」

「か、母さん！」

「あん。でもいざ見せるとなると恥ずかしいわ。だって、もう十数年も前の写真なんだもの。カラーとはいえ、やっぱり失った年月を知られちゃうと思うと、お母さん、結構ドキドキしちゃうなぁ。恥ずかしいなあ」

今日子はくねくねとしなをつくった。

「いいからっ」

帯刀は写真をひったくる。

「もうタっちゃんたら、乱暴なんだからぁ」

しかしその写真は決して乙女っぽく恥じらいながら見せるような類《たぐい》のものではなかった。特攻服姿の男女入り交じった集団（五、六十人はいるか）を背後に従え、ど真ん中に陣取るのは黒い特攻服姿の少女。写真に背中を向け、振りかえるというポージング。今と変わらぬ栗色の髪はショートで、鋭い眼差しや真一文字に締めた唇は人を率いるに相応《ふさわ》しく威風堂々として力強い。

特攻服には牙を光らせ、爪を研ぎ澄ませた虎が躍り、腕のところには金文字で『第八十代総長』。

「これはっ！」

写真を見た伊吹がわなわなと震えていたかと思えば、いきなり跪《ひざまず》いた。

「まさか生きて再び『清咲の黒虎《くろとら》』に会えるとは思っていませんでした。ずっと……ずっとお会いしたかったです！」

「あん。そんな昔の二つ名を息子の前でイヤだわ」

「忘れもしない十年前。不良に絡まれていた私をお救いくださった時のことはまるで昨日のように覚えておりますっ」

床に額を擦りつけんばかりに頭をさげる。

（十年前って……）

帯刀の額にキズがついたのもその頃だ。それに不良に絡まれていたというのも符合する。十年前、十七、八歳くらいの男たちに囲まれている女の子を帯刀は助けようとしたのだ。男たちは怯える少女の様を楽しんでいて、女の子は声も出せずに怖がっていた。男たちはこのあたりでも有名な不良で、まわりは見て見ぬふりを決めこみ、帯刀だけが女の子を助ける行動に出た。でも力で敵うわけもない。だからその時持っていた水風船を不良の一人にぶつけて注意を逸らし、その隙に女の子の手を引いて逃げた。足には小学生のレベルではあったが自信があったからなんとかなると、本気で思っていた。そして女の子へ繁みに隠れるように告げ、不良たちの気を引こうとした。

でも不良たちにはあっという間に追いつかれた。女の子が隠れていることを知られまいと必死になって相手に飛びかかり、結局袋にされた。その時に額の三日月の怪我ができたのだ。帯刀はいつの間にか気絶していて目覚めると、今日子に抱きかかえられていた。その時、母は普段とはまったく違った服を着ていたが、もしかしたらそれは特攻服だったのではないか。

（でも……まさか、な……）

あの時の少女が伊吹だなんてあまりにできすぎてる。

「十年前っていえば、そうねー……その頃の総長が不甲斐なかったせいで、うちの高校の支配から抜けだそうってグループがいくつも出てきちゃってた頃よねえ。街の治安もかなり悪くなって。後輩たちから頼まれてね。一緒に潰してまわったわ」

「黒い特攻服に勇ましい虎は脳裏に焼きついています。今、私がこうしていられるのも今日子姐《あね》さんに救われて、その後ろ姿に憧れたからなんです」

今日子姐さん……なんだか極道ぽい。

「母さんが昔、すごかったってこと父さんは知ってるの」

「もちろん知ってるわよー。だって一緒に単車でデートした仲だもん」

「……ということは父さんも」

「今はもう解散しちゃってないけど臨海区に名を馳せた『黄泉比良坂《よもひらさか》』のヘッドだったのよ。……あぁ、思いだすわ。お母さんが妊娠したことをパパが知ったらね、なにも言わずに出かけたの。帰ってきた時には顔の原形がわからなくなるくらいボコボコにされてたの。そしてもう族はやめた。結婚しようって言ってくれたのよ～」

真面目な七三分けの営業部長の父、正太郎の姿が脳裏をよぎる。

「それじゃあこの凶悪極まりない顔って遺伝……？」

「そんなことないわよ。私だってパパだってもっと穏やかな顔だったもん。タっちゃんのは、特別製。立派な個性よん」

「ぜんぜんうれしくない！」

「今日子姐さん」伊吹は声のトーンを落とした。「私の不甲斐なさをどうかお許しください。噂は入っているかと思いますが、今や清咲の伝統は風前の灯火。すべては私の力不足が故です」

今日子は伊吹に顔をあげさせた。

「それは謙遜よ。あなたの頑張り、ちゃんと聞いてるわ」

「しかし。もし今、清咲の黄金時代を築きあげた『清咲の黒虎』なら私のような不甲斐ないことにはならないだろうと……」

伊吹は肩を震えさせる。帯刀はそれを見ながら、自分がかけられる言葉がなに一つとしてないことを恥じた。

「風祭伊吹、甘ったれるな！」

突然ドスの利いた声が響く。それが母の声だと気づくのにいくらかの時間を要した。

「何人もの先輩方が藻掻き足掻き苦しみ抜いて培ってきた清咲の歴史の重み……お前程度の肩に収まりきるほどの、軽いもんのはずがないだろ」

今日子の表情は真剣のように研ぎ澄まされる。

「……所詮、私たちは離合集散を繰りかえす刹那《せつな》の集団。伊吹、振りかえらず。自分の信じる道を行きなさい。自分勝手に、どこまでも独善的に進みなさい。信念をもって行動するなら、たとえ失敗しようともケツを持つやつは絶対に出てくる。立ちどまらなきゃ、そこに道はできるのよ。――タっちゃん」

鋭い眼差しに、息子ながら震えた。

「生徒会に入ったからには自分の命をなげうつ……その覚悟はある？」

「もちろん」

「……トップが下を守るのが務めなら、下がトップを支えるのもまた務めよ。これを忘れないで」

「わかってる」

次の瞬間には、今日子はいつもの人畜無害の微笑みを見せていた。

「久しぶりに特攻服を見ちゃったからかしら。血が疼いちゃったわ。あーん、恥ずかしっ」語尾にハートマークをつけんばかりの変わり身。「待っててねー。今、カレー温めちゃうから」

今日子がキッチンに消えるのを確認する。

「そ、総長……」

「帯刀」

伊吹はなにかが吹っ切れたような晴れ晴れとした表情を見せた。

「今日子姐さんはやっぱりすごい人だ。数多《あまた》の武勇伝と伝説を持ち、号令をかければ数百人を一時間以内に集められるだけの傑女と呼ばれるだけのことはある。まったくこちらの甘ったれたツラを完膚《かんぷ》無きまでに打ち砕かれた。……帯刀、こんな私だがこれからも、ついてきてくれるか」

「もちろんです。お供させてください」

ありがとう。伊吹は一語一語を嚙み締めるように言った。

「昨日は不甲斐ないところをさらしてしまったな」

「いえ。うちの母もちょっと言いすぎたと反省してました。あ、母さんがまたぜひ遊びに来て欲しいそうです……」

「『清咲の黒虎』から言われては行かないわけにはいかないな。それにいろいろとご教授もたまわりたい」

「それで、どうしたんですか」

今は放課後。生徒会の活動が終わり、一足早く蓮子は帰っている。

帯刀が残っているのは伊吹に話があると言われたからだ。

校舎内はしんと静まりかえっている。

「帯刀は私を好きだと言ってくれたな。今も気持ちに変化はないか」

「ありません。むしろこうして身近においてもらっているせいか、以前よりもずっと好きになってます」

「恥ずかしい奴だな。そんなに言われたら照れる」

伊吹は苦笑した。

「実は昨日、お前が席をはずしている時に、今日子姐さんから男は女を知ることで一皮剝けると聞いた——わかるか？」

その言い回しがわからないほど帯刀は子どもではない。

（ていうか、あの馬鹿母、よりにもよってなんてことを言ってるんだよぉ！）

「帯刀は生徒会に入った以上、漢の道を極めるその覚悟があるか」

「はい、もちろんです」

「……なら、私がお前を男にしよう」

「へ」

想像の遙か斜め上をいく発言に帯刀は間抜けヅラをさらしてしまう。

「漢として本来であればじっくりと時間をかけて育てあげたいところだが、女である私にはどう頑張っても漢の道を教えることはできない。せめて女を教えてやることしかできない。……どうした、帯刀。嬉しくないのか」

ついのりたくなってしまう甘い誘惑を前にしながらも帯刀は必死に抵抗する。

「そ、そんなこと、いくらなんでも間違ってます。総長は俺のこと、好きじゃないんですよね」

「今は色恋のことは考えられないと言ったまでだ。帯刀を嫌いだのなんだのと言うつもりはまったくない」

「じゃあ、告白を受け入れてくれるってことなんですか」

「違う。帯刀のはじめての相手を私が務めるということだ。私では不満か？」

「うまく言えないんですけど、そういうのとは違うんです。恋人じゃないのに、そういうことをするのは、ちょっと……」

「今はまだ恋人としては見られない、それだけのことだ。お前を嫌っているわけではないんだ」

帯刀は嚙み合わない会話に、どうしていいものかと頭を抱えたくなった。

想いが叶わないのならせめて肉体だけでもと思わないこともないが、しかし……。

「ハッキリとしないヤツだ」

「どぉ!?」

いきなり飛びかかってきた伊吹に反応できずに、馬乗りにされてしまう。

長身にもかかわらず、不思議とのしかかられてもほとんど重みを感じない。

伊吹をあおぎ見る。しなやかな四肢やボディラインとは裏腹に迫力満点の存在感を誇示する乳房はゆさゆさと揺れていた。

「やる気にさせてやるよ」

「そ、総長」

「伊吹でいい。今は漢と姐――その勝負だ。お前がその気になれないなら仕方がない。諦める。どうだ?」

「どうだって……勝負なんて……ひぁ!」

のしかかってきた伊吹のお尻が、股間を潰す。柔らかな弾力感に声がもれてしまう。

「勝負開始だっ」

お尻に体重をかけてぎゅっぎゅっと股間を刺激してきた。

「あっ。ああ、総長やめてください……うぅッ」

「聞こえなかったか。伊吹でよいと言ったろ」

伊吹はサディスティックな笑みを浮かべ、腰から下をいやらしくまわしながら執拗に股間を責めてくる。

ぷりぷりのお尻の弾力感とすべやかな肉感が、思春期の体を挑発してきた。

(気持ちいい。お尻……伊吹さんのぷりぷりしてて気持ちいい。でも駄目だ。こんな形でエッチするなんて絶対に)

しかし躊躇《ためら》う心とは裏腹に、体のほうは敏感に反応してしまう。

「どうした。こんな形でエッチするのはいやだと言ってなかったか」

伊吹が意地悪く囁いたかと思うと上体を折り、耳たぶをペロリと舐めてくる。

「ああ!」

「ビクビクって今、お尻の下で震えたぞ」

恥ずかしさに耳がひりついた。

「下手に強がるのはやめてさっさと諦めたらどうだ」

伊吹は額のキズに口づけをする。異性の唇の柔らかさに思わず体が反応した。

「敏感なんだな」

「す、すみませ……ああっ」

伊吹はぷりぷりの巨乳をこすりつけてくる。

しかしサラシが邪魔で、思う存分柔らかな肌を堪能することができないのが、なんともどかしかった。

「ああ。だ、駄目です、こんなこと。伊吹さん……はぁあっ」

「我慢は毒だぞ。それともなにか。私の身体はそんなに気持ちよくないか。一人でするほうがよっぽど気持ちいいか」

「そ、そんなことないです。でもそれとこれとではぜんぜん意味が違うんです」

「帯刀の股間はもうしたくてたまらないって言ってるぞ」

スラックスを持ちあげるほど隆々と膨れあがった股間を、伊吹がまるで鍵盤でも弄《もてあそ》ぶような指の動きで刺激してくる。

「ああ！」

股間がスラックスのなかでビクビクとはしたなく飛び跳ねた。

「まったく頑固だな。これだけ耐えられてしまうと、女として落ちこむぞ」

「伊吹さんは充分すぎるくらい魅力的ですよ」

上体を持ちあげた伊吹はズボンのチャックを下ろし、合わせ目をまさぐる。

腰を逃がそうとするが、マウントをとられた状態では抗しがたい。ギンギンに昂《たかぶ》った逸物をすくいだされてしまった。

「これが男のか」どこか感慨深げに呟く。

充血した海綿体はようやく解放してもらって喜び嘶《いなな》いた。

「立派だな。十八センチあるか」

「わからないです……」

帯刀はまるで処女のように赤面した。好きな人に剝き出しの欲望を見られて、恥ずかしさに死んでしまいそうだ。

伊吹は構わず、棹部に指先を絡めてくる。

「あぐう！」

ひんやりした彼女の指先に、熱々の滾《たぎ》りはひくつく。

真っ赤な亀頭はすでに分泌されだしているカウパー粘液でヌメヌメしていた。

「これはなんだ」

「し、知りません……あぐう！」

雁縁を爪先でいじくられれば、電流が駆け抜けた。

「自分の体のことだ。知らないわけないだろ」

見事なサディストぶりに、体の芯が強く疼いた。

「……き、気持ちいいと出てくるものですっ」

先走りをだらだらとはしたなくこぼしながら、帯刀の童貞ペニスはもっと伊吹に責められたくてすり寄ってしまう。

「エッチなことはしたくないんじゃなかったのか。それとも負けを認めるか。おとなしく本能に忠実になれ」

帯刀は首を振った。

「体はそうでも、これは心の問題なんです。だから絶対……俺は負けられません」

血の滲《にじ》むような思いで言い放つ。今、ここで己の欲望を満たすためだけに媚びを売れば、伊吹への恋情もただの性欲に根ざしたものになってしまう。

「なかなか粘るな」

伊吹はスカートをそろそろと持ちあげた。

レースの装飾が愛らしい赤い下着がのぞく。

大理石を思わせる抜けるような白い肌に赤い下着はよく映えていた。

下着のクロッチあたりがこんもりとなだからな膨らみを描いている。

(ああいうのが土手高っていうのかな……って、なにを考えてるんだ。やばい。やばいよ。このままじゃ本当に最後までいっちゃう!)

伊吹は秘部を、きつく反りかえっている肉刀へ擦りつけてきた。

「伊吹さぁん……あああっ」

「ほら。どうだ。これは気持ちよくないか」

伊吹は腰をしゃくらせ、すりすりと腰を軽やかに波うたせる。

「駄目です。先っぽに擦りつけないで」

ナイロン生地のすべやかな肌触りが、敏感になったペニスをいじめ抜く。

お尻とはまた違ったぷにぷにした触感が伝わってきて、まさに帯刀にとっては生き地獄だ。

「ん、熱い。帯刀の股間、すごく火照《ほて》ってるな。つらくないのか。こんなに太く、固くなってるのをずっとこのままにしておくなんて」

「何度も擦りつけないでください。伊吹さんの下着、よ、汚れちゃいます」

カウパー汁が赤い下着と触れ合うたび、ヌチュヌチュと淫靡《いんび》な水音をたてる。

伊吹が腰を動かすたび、その振動がサラシに包まれた悩ましい二つの盛りあがりにまで響いて、ふるんふるんと蠱惑《こわく》的に揺れた。

(女の人のあそこ温かくて柔らかくて……ああ。それに伊吹さんの巨乳がすごく揺れて柔らかそうだ。握りたい。いっぱい握って、ぎゅうぎゅうして、手のなかでいっぱい感じたいよ)

「まったく仕方のないやつだな」

帯刀の片腕を伊吹がつかんだかと思えば、乳房を握らせた。

ズッシリとした重みが昂奮のボルテージを否応なく高めた。

「どうだ、女の胸は。これを独り占めにしているのは今、帯刀だけなんだぞ」

「お、俺だけ……」

どこか鼻にかかった伊吹の声が脳内にじわりと染み入る。

気づけば、もう片方の手でも乳房を握ってしまっていた。

「んっ……いきなりだな。ビックリするだろ。フフフッ。でも、あんまり力いっぱい握るなよ。これでも結構、デリケートなものなんだから」

「すごい」

理性では駄目だとわかっているが、手はプリンの柔らかさとお餅の吸いつきをまぜあわせたような乳丘を夢中でまさぐってしまう。

「あ……ん。帯刀、そんなに私のオッパイはいいか」

「たまらないです。大きくて、柔らかくて……ぷにぷにしていて、手に吸いつきます」

「……こうすればもっとわかるんじゃないか」

伊吹はサラシを取り払った。

自重にも負けず、ツンと勝ち気に上向く双肉。頭頂部のささやかにほころんだ乳首に眼が吸い寄せられる。固くしこっているのが眼にも明らかだ。

室内灯を浴びて、滲んだ汗の粒が真珠のようにキラキラと輝いている。

帯刀は乳首を指でつまんだ。

「あ、ンッ!」

嬌声をあげながら伊吹がのけ反る。

「すごい。乳首、コリコリしてて……オッパイも、とろけそうなくらいふわふわで」

「ん。いきなり乱暴なやつだな……アゥッ!」

「また乳首硬くなった」

「ンンンッ! 恥ずかしいこと言うな……だが、ふふ、もうすっかり夢中だな」

伊吹は色っぽく眼を潤ませながら、亀頭冠へ股間を擦り寄せる。

「うぐう! 駄目、今はぁっ……あ、あああっ」

「さっきよりもビクビクが激しくなってるじゃないか。もう辛抱できないっていうのが見え見えだぞ。これでもまだしたくないなんて言うのか」

「で、でもぉ、でもおっ」

「なら、お預けだ」

伊吹は上体を引く。ぶるんと揺れた乳房が遠ざかった。

「そんなあっ」

帯刀を見下ろす伊吹は、ゾクッとするほどいやらしい表情をのぞかせた。

汗に濡れ、ほつれた黒髪が官能をかき立てる。

「それじゃあ最後のチャンスをやろう。したいか、したくないか……」

帯刀のなかで理性と欲望がぶつかり、激しい火花をたてた。

しかしその間もペニスには伊吹の媚肉が押し当てられ、敏感な裏筋を刺激される。まるで喉笛にナイフを当てられながら脅迫を受けているみたいだ。

こんなことされたら選択肢なんて一つしかない。

「い、伊吹さんとエッチしたいです！」

「私の勝ち、だ」

帯刀は手をつかまれそっと乳房へ導かれた。甘やかな弾力感が再び手のひらに戻り、総毛立つ。指を食いこませればどこまでも沈み、ぷるぷると揺れながら受けとめてくれる極上バストの肉感に鼻息が荒くなった。

（もう駄目だ。伊吹さんの身体に魅了されちゃった。もう……うぅ……早く、エッチしたい。伊吹さんの手で男にしてもらいたいよ！）

「帯刀」

伊吹はスカートの裾を口に咥《くわ》え、ニーソックスに包まれたアスリートのようにしなやかな麗脚、そして帯刀の体液に濡れて淫靡に輝く赤いレースの下着をのぞかせた。

下着を脱ぎ落とし、帯刀の顔へと放ってくる。

「わぷっ!?」

下着は砂糖菓子のように甘い、伊吹の体臭がこれでもかと染みついていた。

帯刀が慌てて下着を払い除ければ眼に入ってくるのはこんもりと膨らんだ恥丘に萌える柔らかそうな陰毛と、さらにその下で楚々と閉じ合わさった割れ目。

「帯刀……んっ……お前をここで、男にするからな」

目もとに朱を注いだ伊吹は、恥じらいながら呟く。

(とうとう伊吹さんとエッチ、しちゃうんだ)

心臓が痛いくらい高鳴った。

腰がゆっくり下ろされる。両足はM字を描きながら隆々と昂った剛直と触れ合う。

「んあぁ……！」

どちらがあげた声か。

帯刀は亀頭粘膜に触れるすべすべした柔肌に四肢を緊張させる。思わず両手に力がこもり、乳肉を絞りあげてしまう。乳首のコリコリした感触が手のひらで爆ぜた。

「あぁッ……帯刀。くっ……は、はいる。帯刀の太いのが私のなかに入ってくるぞ。んん、胸……手に力が入りすぎだ……ううっ……帯刀、もっと優しく……ひぃぃん、胸が壊れちゃうッ」

乳房に手指が食いこむ。弾力と柔軟を兼ねそなえているバストは面白いほどに形を変えながら、甘やかに跳ねた。

「伊吹さんのなかに入ってる。伊吹さんの……あそこが熱い。それにすごい狭くて……ああ、女の人のなかってこんなにも気持ちよかったんですね！」

先端部分が人肌とは思えぬヌルヌル、ザラザラしたものに包みこまれる。

滑らかな肌のなかから出てきたのはいくつもの襞《ひだ》の折り重なる鴇《とき》色の粘膜帯。

「き、来てるぞ、帯刀。お前のものが私のなかにどんどん潜りこんで……あああ！」

なにかを抜くような感触が走ると同時に、ペニス全体が柔らかな粘膜のなかに没した。ギュウッときつい締めつけに襲われる。

「ど、どうだ、帯刀？」

「これが女の人の……伊吹さんのなかっ……ああ、びりびり痺れる。それにしゃぶられてます。なにか、わからないですけど、ざらざらしたのが、僕のに、あぁっ……吸いついて……くふうっ」

帯刀は伊吹との接合部を見る。さっきまでは楚々《そそ》とした一本の線にしか見えなかったものを、帯刀の肉槍が刺し貫いていた。

「えっ!?」

帯刀は声をあげてしまう。接合部に赤い色彩が見えたのだ。

（え？　ええ？　どういうことだ。どうして伊吹さんのなかから……あれって血、だよな……ち、ち、血ってまさか、そんな……）

伊吹をあおげば、彼女は眼を眇《すが》めながらイタズラがばれた子どものように笑いながらも、時折走るであろう鈍痛に顔をしかめた。

「なんだ。私を男と見れば見境なく盛るズベ公と思ったか」

「そういう問題じゃないですよ！」

「よかった。はじめての相手にそんな風に思われたらいくらなんでも私だって泣くぞ」

帯刀は混乱した。さっきまでの口調ではまるで経験者だったのに。

「……はじめてだって言ったら、絶対に了承なんてしなかっただろ」

「当たり前じゃないですか。でも、どうして、俺なんかに」

「今日子姐さんに頼まれたから」

「そ、そんなことで……グゥッ！」

襞の生えそろった膣壁に絞られ、先走りが噴きこぼれる。奥へ引っ張りこもうとする蠕動《ぜんどう》運動に、童貞ペニスは節操なく震えた。

「口には気をつけろ、私の尊敬する人だ。……でもそれだけじゃない。お前が好きと言ってくれたからな。それが一番大きい」

「でも、伊吹さんは告白を……」

「何度も同じことを言わせるな。私は今は興味はないと言っただけだ——それに、私が手ずから男にしたんだ。それだけ帯刀に期待しているということだ」

伊吹は言うと、腰をぐっと持ちあげた。

張りでたカリに襞が引っかかり、絡み、腰が抜けそうになる。

「はじめてなのに……い、痛いんですよね!?」

「私を誰だと思っている。清咲学院の総長だぞ！」

伊吹は珠の汗をかきながら、悠然と笑ってみせた。


処女を散らした樹幹が肉芯を貫く。思わず膣肉粘膜がキュッと縮みあがった。まるで丸太ん棒でも呑みこんだかのような窮屈さに、伊吹は呼気を震えさせる。

(これが男の味、というものか)

見た目以上にゴツゴツした肉柱が、処女喪失の震えから立ち直りきれずに敏感になっている粘膜を掻く。そのたびに背筋が震えた。

膨らんだ先頭部が子宮口をうがつたび、鼻にかかった泣き笑いの声がもれてしまう。

「アウゥッ。む、胸が張ってくる。お前のを受け入れてるだけで、胸が……ああ。もっと揉んでくれ、帯刀っ」

腰をゆっくりとしゃくらせながら、帯刀を求める。

少年は汗をにじませながら乳房を揉みしだいた。

充血した乳首を潰され、胸肉を捏《こ》ねられてしまえばジュンッと最奥が痺れだす。

（はじめてなのに。帯刀の手が心地いい。貫かれて、痛かったのに……エッチなお汁が滲んでくるのがとまらない……こ、腰が痺れてくるうッ）

胎内に埋まった勃起が不意にその胴まわりを太くした。

秘所を拡張される体感に、全身が強張る。

咥《くわ》えこんでいる粘膜がジンジンと疼き、ドロリと淫汁が滴った。

「帯刀。いいぞ。お前のがだんだんと馴染んできてる。私と帯刀……体の相性、かなりいいのかもしれない……アゥッ！」

汗で全身をビショビショにしながら腰をしゃくる。

律動もかなりスムーズに進むようになっていた。

痛みはまだ残っているが、それで腰がとまるほどではないし、だんだんと痛みが心地よさに取って代わりはじめている。

「伊吹さん、平気なんですか。こんなに激しく動いたら……ああ！」

帯刀が快感に声を引きつらせて腰を持ちあげてくる。

「ハゥンッ！」

脳天に火花が散り、電流が四肢にほとばしる。筋肉が反応して、体をのけ反らせる。

「……クッ。私の心配は無用だ。帯刀、お前は見習いだ。私を心配するなんて百億万年早い。あとペースは私が決める。お前は気持ちよくなっていればそれでいい」

伊吹はふたたび自ら腰を動かす。

「わ、わかりました……ぐっ！」

「その分、胸を好きなようにさせてやる」

乳房にかかる力が増えた。美しい形と張りが自慢のバストが今や、その球形を醜く撓《たわ》ませ、いいように扱われていた。

しかし不快感はほとんどない。触られるそばから熱を帯び、もどかしくなって仕方がない。もっと強く指の痕が残るくらい揉んでほしいと自分から胸を突きだした。

「ああん。い、いいぞ、帯刀。もっと胸をきつく絞ってくれて構わない。その分、お前の股間を私が絞ってやる。どうだ、互恵関係だ……アアアンッ！」

締めつけをきつくするとそれだけ勃起が粘膜を強く抉る。眩暈にも似た幸福感に声をあげずにはいられなかった。

「いいです。この関係……ああ、たまらない。きついです。伊吹さんのあそこ、締まりがよくてたまらないです」

ヌチュ、グチュ、ズチュッ！

抽送をつづけるたび、愛液の量はお漏らしでもしたかと錯覚するほどおびただしくなった。膣内からはすっかり痛みが消え、押し寄せてくる快美が気分を昂揚させ、帯刀のことがもっともっと欲しくなる。

「ンゥッ！　すごい。帯刀のが私の奥、コツコツ叩いてきて。腰をとめられない。もっとお前ので突かれたいと思っている。ああっ。お前にグチャグチャにされたいと……ああ、いやらしい気持ちがとまらなくなるぅ」

子宮口を穿《うが》たれるたび脳震盪《のうしんとう》のような痺れに襲われ、そのたびにスカートを噛み締める力が増した。涎《よだれ》がスカートを黒く濡らす。

研磨されつづける粘膜がカアッと灼けつき、伊吹が気づくと太腿で帯刀の胴体を力いっぱい締めあげていた。ずっとこの太い柱を咥えこんでいたい。ずっと縫いつけてもらいたいと、そんな淫蕩《いんとう》な想いがこみあげてしまう。

「帯刀の股間が私のなかをいじめてくる。どこまでも帯刀のモノがなかに入ってくる。こんな感覚はじめてだ。これがエッチ、か……すごい、あああ、気持ちいい」

根元まで呑みこんだ勃起は泡立った愛液をそこら中にこびりつかせ、帯刀の陰毛は雫に塗《まみ》れている。

「伊吹さん、最高です」

帯刀が喜ぶ姿を見ると、愛液がじゅわりとさらに分泌された。

もっと喘がせたい。もっと切ない顔を見せて欲しい……その想いが暴れまわる。

「もっと気持ちよくしてやる。締めつけもきつくして。帯刀。お前に最高のはじめてを経験させてやる。だからそれだけの男になれよ。私が将来、ウゥッ……背中を預けたくなるような立派な漢に」

「頑張ります！　俺、絶対、伊吹さんに認められるような男になってみせます！」

「よく言った……はああん！」

伊吹は腰をぐりぐりと回転させながら、さらに荒々しく上下させる。

乳房が互い違いにぶるん、ぶるるんと揺れ跳ね、時にぶつかった。汗に塗れた肉球はぶつかるたび、ぴちんぴちんと淫猥《いんわい》な音を響かせる。

ダイナミックな動きに帯刀の両手は必死にしがみつき、美巨乳を掬《すく》いあげるように揉みしだく。すでに力加減なんて考えられなくなっているのか乱暴で痛いくらいだ。

「伊吹さん、で、出そうです……そろそろ、俺」

リズムを刻む抽送に帯刀は弱々しく泣いた。

「そ、そうか」

帯刀の感じ入る姿を見届けると、伊吹は一息に腰をあげる。

「どうして!?」

勃起がずるりと飛びだした。

（ああ。さっきまで私のなかを満たしていたものが……）

虚しさに思わず受け入れたくなったが、伊吹は懸命にその欲望を押しのける。

「四分の一人前のくせになかに出そうなんて百年早い……あむ」

伊吹はペニスを握ると亀頭冠を咥えこむ。

しょっぱさと酸味、鼻をつく生臭さが鼻腔に殺到した。

(私の匂いと、帯刀の匂いが混ざり合ってる。なんてエッチで、それでいて魅力的なニオイなんだ。たまらない。発情した女と男のケダモノのかおり……ああ、匂いをかいでいるだけなのに、ドキドキがとまらない)

「ぢゅう、むぐ、ちゅるるっ、うむっ」

今まで自分を慰めることすらまともにしたことのない伊吹がフェラチオを知っているはずはなかった。しかし伊吹の情愛の深さが子種を無駄打ちさせたくないと強く思ったのだ。せめて口で受けとめてあげたい。

「びくびく震えてるな。出そうなんだろ。ほら、出せ。私が全部受けとめてやるから……ちゅぅ、ちゅぱ……えろえろ……んふ、じゅるるる、んぐぅ、むふっ!」

頬が猥褻《わいせつ》にへこむほど強く吸う。口のなかで限界間近の勃起が暴れまわり、引っかきまわす。子宮の疼きがひどくなり、たまらずお尻を揺らめかせた。

「出る。出るうっ!」

帯刀は情けない声をあげながら腰をガクガクと戦慄《おのの》かせる。

ビュッ、ビュビュ、ビュウウッ!

白濁汁がしぶきをあげる。伊吹はそれを口いっぱいに受けとめた。塩っ辛さと、へばりつく粘着に喉がつまる。

何度も大きな爆発が起こり、そのたびに大量の精液が噴きだす。それでも伊吹は構わず、決して顔をあげようとはしなかった。

「んぐぅっ！　ムグッ……ンッ……ンゥムッ……ンンン、ンフウッ」

伊吹は柳眉を寄せながらも、ゴクリゴクリとおびただしい精液を嚥下《えんか》していった。胃の腑が焼けつき、ラビア全体が火傷《やけど》したように疼き、本気汁が垂れる。同時に、怒濤《どとう》のような胴震いに襲われた。

(私、イッたんだ。帯刀の精液飲みながら)

まるで全力疾走したような心地よい疲労感が身体の奥底まで浸透して、潤わせる。

伊吹は小鼻をひくひくさせながら、唾と一緒にジェル状の子種汁を飲みくだした。


熱気で蒸した生徒会室で、縮こまった帯刀の肩へ豪快に腕をまわす伊吹。

まるで男女逆転だが、その景色は文句がないくらい艶めかしい。

帯刀ははじめての体験を終え、疲労困憊でしばらく気を失っていたが、自分の額をなぞるくすぐったさに目を覚ました。伊吹が三日月のキズを撫でていたのだ。

「深い傷だな。一生ものだな」

「あ、はい……。でも後悔はしてません。守るためにできたキズ、ですから」

「……そうか。名誉の負傷というわけか。『清咲の黒虎』の遺伝子はしっかり受け継がれている、ということか」

「それより、伊吹さんは平気ですか。はじめてなのに、あんなに激しく……」

「……まだちょっとひりひりしているが、こういう感覚は悪くない。帯刀のが私のなかを何度も行き来したのが実感できてうれしいくらいだ」

伊吹は引き締まった下腹を撫でる。

伊吹のはじめてをもらったのだと実感させられる生々しい仕草に、帯刀は赤面した。

「どうした」

「い、いえ……」

やられっぱなしでは駄目だと帯刀は腹に力をこめた。

「俺、ぜったい伊吹さんが受け入れてよかったっていう男になりますから。だから、期待してください」

「言うなあ。さっきまでアンアン泣いていたのに」

伊吹はまるで幼子でもあやすみたいに、帯刀の頭をぐしゃぐしゃとかき混ぜる。

「真剣ですよ⁉」

「悪かった。頼もしい一年が来てくれてうれしい。ガンバレよ」

帯刀はハイと力いっぱい応じた。

純情奉仕の章　特攻隊長が可愛すぎて……

「芙蓉さん。俺たち、すっごく目立っちゃってますけど」

「常日頃この街の平和を守っているあたしらには誰もが振り向かざるを得ないオーラが滲んでるんだから仕方ないなっ」

「……物珍しいだけだと思うけど」

「今なんか言ったか？」

「いえ」

放課後。帯刀たちは学区内の巡回と称して近所を練り歩いていた。

しかし蓮子は伊吹とは違い、平然と特攻服の裾を翻《ひるがえ》している。

木刀こそ竹刀《しない》袋に入れているとはいえ、あまりにも目立ちすぎていた。

帯刀は恥ずかしすぎて、蓮子の後ろで小さくなる。

どうして蓮子の巡回に同行しているのか。それは数時間前に遡《さかのぼ》る。

放課後、いつものように生徒会室に入るや、伊吹から呼ばれた。

伊吹のそばには唇を尖らせ、不満いっぱいですという顔の蓮子。

その胡乱な視線は帯刀に向けられていた。

『帯刀、地域の巡回に向かってもらいたい。校外へ眼を向けることは大切だ。騒動は校内よりも校外で起こりやすいからな』

『総長、ま、まさか俺一人でですか』

『いや。今、巡回はレンコンが主体でやっているから、そのアシストを頼む』

伊吹は後輩同士が静かな緊張感に包まれていることをまったく気にしていない。

(そっか。だから芙蓉さん、不機嫌なのか)

彼女にしてみれば自分の任された仕事に邪魔者が入り、面白くないはずだ。

『この巡回は地域の人たちとの交流も兼ねている。顔見せのつもりで行け。我々には力だけでなく、信頼もまた必要なのだ。それは学内にいるだけでは決して培われることはない』

『総長、あたし一人で充分です！　こんなやつただの足手まといになるだけですっ！』

今の今まで沈黙を守っていた蓮子が口を開く。

『そう言うな。ただでさえ戦力が少ないんだ。帯刀は空手の有段者で実力もある。あとは場数を踏めばいい。協力してくれないか』
『……総長は帯刀に期待しているんですね』
『下にいるものへ期待しない奴はいない。もちろん、私はレンコンにも期待している
し、レンコンはその期待に応えてくれている。頼もしい限りだ』
伊吹から直々に褒められ、蓮子は頬をほんのりと赤らめた。
『で、でも総長。あたしには仙堂がそれほどとは思えない。ぐうう、こんな凡夫！』
帯刀の首筋に木刀の切っ先が突きつけられる。
『そう言うな。同じ学年とはいえ生徒会では後輩だ。もっと広い度量を持て。教え諭
すことも先輩の務めだぞ』
『そうだ。先輩は後輩を教え諭し導くものだ』
『先輩……』蓮子は夢見な表情のままぽつりと呟く。『あたしが先輩、ですか』
『教え諭し導く』
まるでマインドコントロールでもされているようにオウム返す。
『そして、それを任せられるのはお前しかいない』
『あたししかいない！』
『先輩、ガンバレよ』
『センパイ！　アタシ、センパイ！　センパイ、ガンバル！』

伊吹が帯刀に向けてウインクをした。

――というわけで現在に至る。

「蓮子ちゃん、いつもご苦労様。揚げたてだよ」

商店街のおばちゃんがコロッケをくれる。

「おばちゃん。悪いけど、あたしたちはそういうつもりでやっているわけじゃないんだぜ？」

「またまたー。どうしちゃったのよ。いつも食べてるじゃなーい」

「い、いつもじゃないけど……いただくぜっ」

蓮子は帯刀のことをちらちら見ながら言った。

「いい食べっぷりねえ。やっぱり一仕事終えた後は食事もおいしいでしょう」

「一仕事？」

「だって不良の子を補導したんでしょ」

とおばさんは帯刀を指さす。帯刀は首を振った。

「俺は違います。生徒会の人間なんです！」

「あらあら」とおばちゃんは大して驚かない。「ちょっとあなた、駄目じゃない。そんな顔してたら。紛らわしい」

「す、すみません？」

「おばさん。この子は後輩なんだぜ。あたしが先輩だ！」

「すごい大出世ね。きみ、ちゃんと蓮子ちゃんの言うこと聞いてがんばりなさい」

「は、はあ」

肉屋の店を出たあとも、商店街の店主たちから「ご苦労さん」などと、どんどん差し入れが届けられた。

「これぞ、まさに人徳の勝利よね。ふふん！」蓮子は薄い胸を張る。

帯刀たちは商店街を出ると、住宅街に入った。

さらに蓮子はその一画、築年数がかなり経っていると思《おぼ》しき十世帯ほどが入っている二階建てアパート、その一番奥の部屋に向かった。また誰かから差し入れをたかる気なのか。

「芙蓉さん、ここは？」

「うるせえ。黙れ。後輩は黙ってついてくりゃいいんだ」

蓮子が「芙蓉です」と伝えると扉が開き、老婦人が顔を出す。

「蓮子ちゃん、今日は一人じゃないのね」老婦人は帯刀に気づいて、アラという顔をする。「えーっと……」

「はじめまして。仙堂帯刀と申します」

「あたしの後輩なんだぜ」

室内に案内されると、部屋の奥では老人がお茶を啜《すす》っていた。

老夫婦は吉原《よしわら》さんといって、このアパートの大家さんらしい。

蓮子がこのあたりを巡回している時、道端で苦しそうにしゃがみこんでいる吉原夫人を助けたのが知り合うきっかけだったそうだ。

以来、巡回のたびにこうして訪問し、様子見を兼ねて会話をするのが日課らしい。

帯刀はお茶をすすりながら、吉原夫婦と蓮子の会話を聞く。

「あれー、蓮子ちゃん。腕に包帯してケガをしたのかい」と吉原老人。

帯刀は蓮子を見た。

(まさかこの人たちにまで闇の力うんぬんの説明するのかな……)

いや。まさかそこまで非常識ではないだろう。

「んふふー。これはケガじゃないんだ。ここには闇の力が宿っているんだぜ!」

「ぶふ!」帯刀はお茶を吹いてしまう。

「あれー。ヤミノチカラかぁ、そりゃ、すごいなあ」

「この包帯を取ったら、世界が滅ぶほどの力があふれだすの。だからあたしの一族が門番となってこの力が悪用されたり、乱用されたりしないように気をつけているんだ!」

「それはすごいわねえ」

「最近の学生さんはやっぱり昔とは違うのかねえ」

吉原夫婦は意味がわかっていないのだろうが、感心したようにうなずいている。

「芙蓉さん」帯刀は吉原老人が手洗いに、夫人が台所へ引っこんだ隙に蓮子に近づく。

「仲、いいんですね」

「吉原さんちって、お年寄りなのにすごい探究心なんだ。あたしの、この呪われし闇の力のことに興味津々なんだ。さっきの話はもう十回以上してるぜ?」

「へ、へえー……」

それはただの歳のせいではないだろうかと思いながら、老夫婦にとって蓮子がまるで孫のように可愛い存在であることは間違いない。

会話の内容はともかく、蓮子の話に相槌を打つ姿は微笑ましかった。

でもそれは吉原夫婦にかぎったことではない。

商店街のおばさんたちからも、蓮子は好かれている。

特攻服を身にまとう蓮子をあそこまで受け入れているのは、清咲の生徒会が周辺地域の治安を守ってきたという伝統だけでなく、芙蓉蓮子という少女の人柄によるところが大きいに違いなかった。

(実は芙蓉さんて、かなりすごい人なのかもしれない)

「あら。私ったらごめんなさいね、お茶うけを出すのを忘れてしまって」

吉原夫人がまんじゅうを乗せた小皿を持ってくる。

「いえ、お気遣いなく」

「今日は二人もお客様が来てくれたんですもの。若い子にはケーキとかそういうものがいいんだろうけど」

蓮子はまんじゅうを頬張ると、

「……おばあちゃん。アパート、人気《ひとけ》がないけど、どうかしたのか」

吉原夫人の表情が曇った。

帯刀は、蓮子の観察眼に驚く。

夫人は吉原老人と顔を見合わせ、困惑する。

「なにかあったんだなっ」

「いえ、なんでもないのよ……。ここは古いからいろいろ不備があって。だから……」

「でも長く住んでいる人はそれも充分わかってるはずだろ。説明したはずだよな。あたしたちは清咲の生徒なんだ。なにかあったんだったら……」

その時、扉が強く叩かれた。老夫婦は怯えたように肩をびくつかせる。

合板の薄い扉を叩き割らんばかりの強いノックにつづき、濁声《だみごえ》が聞こえた。

蓮子は木刀を取りだし、扉に近づく。

「芙蓉さん、なにする気ですか」

「うっさい。お前はそこにいろ」

「そんなわけにはいきませんよ」

相手がただの訪問販売員や宗教の勧誘者でないことくらいわかる。

蓮子は様子を窺うことなく、扉を開けた。そこには紫と緑という毒々しい原色のスーツ姿の、いかにもな連中が立っていた。

「なんだ、テメエら——ぐぅっ」

男の鼻先に木刀を突きつける。

「てめえらこそ何モンなんだよ。あたいらをなんと心得る！」

帯刀は蓮子と並び、相手を見据えた。

「俺たちは清咲学院の生徒会です」

一触即発の事態に冷や汗が頰を流れる。

「せ、清咲……」男たちの顔色が変わった。

「オラァッ、清咲を敵にまわすつもりだったら来やがれっ！」

蓮子の恫喝《どうかつ》に男たちは後退り、また来ると言い置いて走り去ってしまう。

帯刀は胸を一撫でした。

「ふん、ザコどもがっ」

「ちょっと芙蓉さん。あの人たち、どこからどう見てもその筋の人じゃないですか。

なにかあったら……」

「はあ、だからなに？　あたしらは清咲なんだ。相手がなんだってやるだけだっ」

チンピラたちを追い払ったことを伝えると、吉原夫婦は感謝を述べた。

「おじいちゃん、おばあちゃん。いったいなにがあったんだ。奴らはなんだよっ」

蓮子が話を聞くまでは帰らないとその場に座ると、二人はようやく口を開いてくれた。

彼らは地上げ屋らしい。数週間前にここにマンションを建てたい、ついては土地を購入したいと地元の不動産屋から話があったらしい。提示された金額はかなりのものだったが、二人は断った。このアパートは子どものいなかった二人にとっては、一緒に年を重ねてきたかけがえのないものだった。老い先短い残りの人生、締めくくりはここでと決めているのだ、と。

当初、不動産屋はあっさりと引きさがる。しかしそれからしばらくしてアパートの住人に次々といやがらせが行われはじめた。それでも立ち退かない住人にはちんぴらが昼夜問わずおしかけ、脅かした。下手な騒動に巻きこまれるのはごめんだと住人たちは一人、また一人と去っていく。

警察に通報することを考えたが、脅迫を受けたと言っても証拠はない。さらに、そのあとの報復を考えるとおそろしく、結局できずじまいだったという。

「芙蓉さん、総長に相談しましょう」

「大丈夫だよ。ちんぴらくらい、あたしらでなんとかできる。総長の手を煩《わずら》わせることこそ不甲斐ないぜ」

それでもと反論する帯刀を、蓮子はぎろりと睨んだ。

「じゃあ、お前の力は借りねえよ。さっきの見ただろ。清咲の名前出しただけでビビって足ガクガクだった。あんなの、あたしだけで充分だ！」

蓮子は吉原夫婦に向き直った。

「おじいちゃん、おばあちゃん。あたしがなんとかしてやるよ。大丈夫。あたしら、清咲は治安を守るのが仕事なんだから。二人とも、大船に乗った気でいろよな！」


（芙蓉さん、いくらなんだって考えなしすぎる）

朝、心配になってアパートに寄ると案の定、蓮子はすでに来ていた。

「あいつらぶっつぶすまで学校休むから。あたしはカゼをひいたってことにしておけ。総長に余計なこと言うんじゃねえぞ！」

さっさと用件を伝えるだけ伝えると、邪魔だと追いだされてしまった。

帯刀はその足で登校するとまっすぐ生徒会室に向かう。

「総長」

部屋のなかには伊吹の他に風紀委員長である仁亜子がいた。どんなことを話していたかは知らないが、二人の会話に進展がないことは仁亜子の憤懣《ふんまん》やるかたないという顔色から容易に想像できる。

「あー……」帯刀は仁亜子の姿に口をつぐんだ。

「私がいてはできない話なのっ」仁亜子はムッとして、ポニーテールを揺すった。

「にゃんこは無視して構わないから話していいぞ」

伊吹から促され、帯刀は昨日のことを話す。

「あなたたちという人は……。そんな危ないことに首を突っこんで」仁亜子はドンとテーブルを叩いた。「すぐに警察に連絡すべきよ」

「総長」

「レンコンは一人で大丈夫と言ったんだな」

「はい。でも……」

「それならその場はレンコンに任せておけ。騒動を起こせば警察が突っこむ。手荒なまねはしないだろう」

伊吹のあんまりにも投げやりな言い方に、仁亜子は激昂した。

「伊吹、ちょっと、同じ生徒会の人間なのでしょ。いくら相手が大ゴトになるのを嫌がるからってあのお馬鹿娘一人で処理できるとは思えない」

「なんだ、にゃんこ。風紀委員なのにうちのことを心配してくれるのか」

「ふざけないで。今はそんなことを言っている場合じゃないでしょ」

伊吹は顔をしかめた。

「にゃんこ。これは生徒会の問題だ。風紀委員は黙っていろ」

伊吹ならすぐに駆けつけてくれると思っていたのに。帯刀は当てがはずれただけではなく、まるで蓮子を見捨てるような物言いに歯を食い締めた。

「うちはただでさえ人数が少ない。その老夫婦には同情するが、今の我々にはそれにすべて力を傾注できるだけの余力はない。……帯刀、お前の気持ちはわかる。だが落ち着け。お前の二つの眼はすぐそばで起きたことしか見られないのかもしれないが、頭のなかではもっと広いところからものを見、考えることができるはずだろ。もっと広い視点でものを見るんだ」

「そんなこと……。結局、総長は助けに行かないってことですか」

「そうだ」

「俺は芙蓉さんを助けますっ」

「逆らうのか」

「さ、逆らうつもりはありません。でも今の総長は間違っていると思いますっ」

これ以上見合っていると、固めた決心がほどけてしまいそうだ。

帯刀は伊吹の目から逃げるように素早く踵《きびす》を返し、生徒会室を飛びだした。

帯刀が飛びだしたあと、伊吹と仁亜子の間には重苦しい空気が漂っていた。

「間違ってる、か……。そんなこと言われたことなかったな。だいたい人の話を最後まで聞きなさいって教わらなかったのかな、あいつは」

暢気《のんき》なことを言う伊吹に、仁亜子は眉間に皺を刻んだ。

「伊吹、なにを考えてるのよ。なにかあってからじゃ遅いのよ。それが清咲の生徒会長のやることなの!?」

伊吹は意地の悪そうな笑みをのぞかせた。

「にゃんこ、やっぱりお前は優しいなぁ。どうだ、今からでも籍をこちらに移すか。副総長の地位を用意してやるぞ」

「そんなの願いさげに決まってるでしょ。馬鹿にするんじゃないわよ！」

「そりゃ残念。ま、にゃんこが相手じゃないと物足りないからな。ライバルの存在は重要だ」

「ふざけたことを言ってる場合じゃないでしょうが。部下を行かして、自分はこんなところでふんぞりかえって……あんたが目指してるのはスジを通す、総長なんでしょ。言ってることとやってることがぜんぜん違うじゃない。……ほんとうにあの二人だけでなんとかできると思ってるの」

「レンコンたちなら平気だ。あいつらなら凌《しの》げる」

伊吹の真意を理解できず、仁亜子は間の抜けた顔をさらしてしまう。

「……そろそろ授業だな」伊吹は伸びをする。

「見損なったわよ、馬鹿っ」

仁亜子は失望感を覚え、踵を返した。

こうなったら警察に連絡だ。それしかない。

しかし走りだそうとすると、いきなり羽交い締めにされてしまう。

「ちょ、な、なにすんのよ」

仁亜子は手足をじたばたと動かして抵抗する。

「……にゃんこ、お前ノーブラか。胸の弾みがすごいな」

「し、してるわよ、ちゃんと！」

仁亜子は胸を押さえながら顔を真っ赤にした。

「次の授業、私の分もノートをとっておいてくれ。ちょっと出かけてくる」

「助けに行くのね！」

現金なもので、伊吹さえ出張れば大丈夫だという安堵感が胸にひろがる。

お山の大将を気取るようなワルは大嫌いだ。ワルのくせしてスジを通すだとか義を謳《うた》いながら結局暴力をふるうだけの、生徒会も気に入らない。

でも風祭伊吹という個人だけはどうしても嫌いになれなかった。

「いーや。助けには行かない」

「はあ!?」

「ちんぴらみたいな雑草はさ、葉の部分だけ刈ったところでしょうがないんだよ。そうだろ。そんなことにいくら労力をつかっても意味がない」

その言葉の意味を察した仁亜子はあわてた。

「あ、あんた、まさか……ダメよ。危険すぎる」

「一つのことにかかりっきりにはなれないからな。早期解決のためだよ。おい、なんて顔してんだ。私を信じろよ」


帯刀が到着するとアパート前には車が停車し、門の前には派手なシャツを着た男が煙草《たばこ》を吸いながら立っていた。

(もう来てたのかっ)

昨日の今日に来たのは、もしかしたら帯刀たちの存在が原因かもしれない。

清咲が動くと面倒だと早めに決着をつけるために。

どちらにしろ蓮子が一人で老夫婦を守っていることは変わりない。

帯刀は覚悟を決めて飛びだした。

「なっ」

男の間の抜けた顔を見据えつつ、上段蹴りを相手の首もとへ叩きつけた。

男を昏倒させて、敷地内へ押し入る。

「芙蓉さん！」

そこには蓮子に対する五人の男がいた。昨日の二人組の姿もそのなかにあった。そして五人の男たちはそれぞれ手にナイフを持ち、構えていた。

「なにしに来たんだ」蓮子が声を荒げる。

「もちろん助けに来たんです」

「帰れ。あたし一人で充分だ」

しかしその言葉とは裏腹に、蓮子は押されているように見えた。

「随分と余裕じゃないかよ、ああっ！」

蓮子が木刀を閃《ひらめ》かせれば、男はさらりと身を引く。

「逃げるな！」

対する蓮子はその場から動かない。いや、動けないのか。

（そうか、吉原さんたちを守るためか）

相手は五人だ。相手にまわりこまれてしまえば、吉原さんたちを危険にさらしてしまう。蓮子はそれを警戒しているのだ。

「おい、ガキ。動くな、死にてえのか」

男たちが帯刀に恫喝をかける。

帯刀は構わず刃物をちらつかせる男たちに突っこんだ。

ナイフが突きだされるのを上体をさげて回避しようするが、避けきれず熱さが腕を駆け抜けた。

「仙堂！」

「これくらい……」

帯刀は沈めた上体を持ちあげると同時に、男の下顎へ掌底を叩きつける。男は宙へ浮きあがり、吹き飛んだ。

「こぉ、クソガキがあ！」

背後から襲い来るのには回し蹴りを見舞い、壁にたたきつけた。

帯刀は深く息を吐きだし、身構える。

しかし。

「動くな」

男が蓮子を地べたに押さえこみながら言った。蓮子の手の甲には血が滲み、木刀を手放してしまっている。

「仙堂ぉ、あたしのことはどうでもいいからコイツらをぶちのめせ――」

「黙れっ」

蓮子は持ちあげた顔を押さえつけられる。表情が歪んだ。

「こんのガキ、よくもやってくれたな」

「容赦しねえ。ブッ殺してやる」

掌底で吹き飛ばした男と、回し蹴りを食らわされた男は呻きをもらしながら、立ちあがった。その眼は怒りと殺気とで血走っている。

帯刀はキズ口を押さえる。キズ口が疼き、腕が痺れた。

恐怖がこみあげて、ツバを飲んだ。

「ま、待ってください」

玄関の扉が開き、吉原夫妻が出てきた。

「二人とも、出てきちゃダメだっ」蓮子が叫ぶ。

「……ありがとう。でも、もういいの」吉原夫人は男たちに向き直る。「契約書に判子をつきますから、この子たちにもう乱暴なことはしないでください」

「……ようやくその気になったか。手間、とらせやがって。おいっ」

蓮子を押さえつけている男が、顎をしゃくった。

別の男が手にしていたファイルを開いてみせる。

「そこにサインと判子、ついてくれりゃいい」

「吉原さん、サインなんてしちゃダメだ」

「ガキが、ごちゃごちゃぬかしてんじゃねえよ」

帯刀は思いっきり頬を殴りつけられ、壁に背中を打ちつけた。同時に腹に蹴りを入れられ、呼吸がつまる。

意識が一瞬ぐらりと揺れ、口のなかに鉄錆《てつさび》の味がひろがった。

吉原老人が震える指先を懸命に動かしてサインをし、判子をつく。

「よしよし。ご苦労さん」

(結局、俺たちが手を出さないほうがよかったのか)

意識を朦朧《もうろう》とさせながら呻いた。

よかれと思ってしたことが、かえって吉原さんたちにとって弱みを余計につくらせるようなものだったのか。伊吹はそれを見越していたのか。

悔しさに涙がにじんだ。目の前の光景がぼやける。

「——はい、加藤です。ああ、今ちょうど契約を結んだところで……」

ファイルを受け取った男が携帯に出る。相手はどうやら上司のようだ。

「ちょ、ちょっと待ってください、社長。契約はなかったことってどういうことですか」

携帯から相手側の声がかすかに聞こえた。相手は焦ったようにがなっている。

「清咲の人間……」男は帯刀たちを見た。

(まさか会長!?)

蓮子も驚いて眼を剝く。

電話の向こうから「私の部下に手を出してたら、テメエの首根っこへし折るからなっ」という鬼気迫る怒号がもれ聞こえ、「ひひひいいい、すみませんすみません。すぐに戻れえっ」という情けない泣き声がそれにつづいた。

「す、すぐに……」

通話を終えた男は舌打ちをした。そして契約書をビリビリに破いてしまう。

「おまえら、帰《け》えるぞっ」

男たちが去るのを見届けると、蓮子に抱き起こされる。

「帯刀、大丈夫か。しっかりしろ」

「ふ、芙蓉さんこそ、手にケガして」

「馬鹿！　もっと重傷なやつがなにを言ってんだよっ」

と、パトカーの音が近づいてくる。

もしかしたらさっきの立ちまわりで、近所の誰かが通報したのかもしれない。

「芙蓉さん」

「おい！」

「俺は大丈夫。それより今こんなところを警察に見つかったら総長に迷惑が……おじいちゃん、おばあちゃん、ごめん。力になれなくて」

帯刀は蓮子に支えられながら、吉原夫婦に頭をさげる。

「そんなことはないよ。きみたちがいなかったら私たちはここを手放すことになっていた。またいつでもおいで。歓迎するから」

そして吉原夫婦は「誤魔化しておくから、早く行きなさい」と声をかけてくれた。


アパートを出ておよそ十分、帯刀たちはマンションの一室にいた。

一Kの、蓮子の家だ。

「芙蓉さん、一人暮らしだったんだ」

「実家から通うと一時間くらいかかるからな」

ガラス天板のテーブルとテレビ、一人用の座椅子、ベッドが家具としてはとりあえず眼につく。部屋の広さは八畳ほどだが家具が少ないせいか、広く見えた。

あまり生活感はなく、冷えびえとした雰囲気が強い。

帯刀の想像する女の子の部屋とは似ても似つかなかった。

「服を脱げ」

「えっ……」

「か、勘違いすんじゃねえよ。ただ、怪我の治療するだけだかんな。変なところまで脱いだら、今すぐそれをちょんぎってやる！」

赤面しながら怒鳴る蓮子に苦笑しながら、ベッドに腰かけて言われたとおりにする。

蓮子は救急箱から消毒液や包帯を取りだし、テキパキと治療にかかった。

自分の怪我は絆創膏を貼りつけて終了。

帯刀のほうにはそれなりで、包帯の巻き方がやけにうまかった。

「あたしを誰だと思ってんだ。特攻隊長だぞ。総長を支える存在なんだ。総長がいつ怪我を負ってもちゃんと治療できるように、応急手当ての作法はバッチリだぜ」

「芙蓉さん、ありがと」

「……別に。元はと言えばあたしが悪かったんだし。あたしが、ちゃんとお前の言うことを聞いてたら……お前だって怪我しないですんだのに。あたし、お前の先輩で、総長から面倒見ろって言われてたのに、逆にあたしが押さえつけられたせいで足を引っ張っちゃって」

蓮子に神妙さは似合わないが、やけに愛らしく思えて笑ってしまう。

視線に気づく。蓮子がじーっと帯刀のことを見ていた。

「らしくなくて悪かったなっ」

「いや、そういうことで笑ったんじゃなくて」

「別にいいよ」ぷいと視線を逸らしたかと思えば、「お前、総長のこと好きなんだよな」といきなり突飛なことを口にする。

「え！」

「別に隠す必要ないぜ。あたし知ってんだよ。お前と総長が生徒会室で……そ、その……なんだ、い、いたしたってことをさ」

なんと言っていいかわからない。

「覗いてたんだ。でも勘違いするなよ。最初からそのつもりだったんじゃない。ただ、総長がお前となにを話すのか気になって。そしたら総長がすごくヤラシイ……今まで聞いたことがないような声で喘いで……総長が、お前なんかのおちん×ん、しゃぶっているの見て」

蓮子は身体をもじつかせる。

「お前、強かったんだな。ビックリした。あたし、強い男好きだよ……世界で二番目に。一番目は総長だから」

（これって……告白!?）

急展開に心臓が跳ねた。

「お前と付き合いたいとは思わないけど。あたしの女が、お前とエッチしたがってるんだよ。身体がたまんねえくらい熱くなって……とめられない、とめたくないんだ。だからしろ！」

「で、でもっ」

「ダメなんて言うなよ。女にこんなこと言わせて放っておくなんて絶対に許さないからな」言葉とは裏腹に、濡れた瞳にはいやらしい光が浮かんでいた。「今、ここで気持ちを発散させないと、あたし多分、おかしくなる」

蓮子が近づいてくる。かすかに汗の匂いがした。甘酸っぱい匂い。

「帯刀」

蓮子が帯刀の唇を奪おうと動こうとするのを、なけなしの理性を使って制止する。

「キスは……まだ誰ともしてないから。いつか、総長に認めてもらってちゃんと恋人関係になるまでは」

「まだしてねえのかよ」

蓮子はからかうようにニヤリと笑った。

「うぅ……」

なんかよくわかんないけど墓穴掘った感じだ。

「ということはキス以外はいいってことだよな」

「本当にするの。ふ、芙蓉さん……」

「蓮子でいいぜ。こんな時くらい。今は先輩後輩の関係はナシだ」

蓮子は帯刀のベルトに手をかけると、ズボンを一気に引き下ろす。

充血した生殖器がトランクスの合間から飛びだした。

青筋が浮きあがり、ごつごつしていて、グロテスクに磨きのかかった肉幹。昂奮にムッとした濃厚な匂いをたちのぼらせる。

「す、すごいな。こんなにデカいなんて。ああ、これを総長がしゃぶって……総長のなかをメチャクチャにかき混ぜてたやつだよな」

蓮子は陶然とした表情のまま小さな舌を這わせてきた。

「あぁぁ！」

「んちゅ……ちゅぴっ……ぺろぺろ……なんか変な味するぜ。臭いのに、でも舐めたくなるような変だけど、フシギな……ああ……ちゅぴ、ンフッ……チュパッ……エロッ……ンゥ！」

幹棹にしゃぶりつかれ、甘噛みされる。

充血して敏感な生殖器は少しの刺激にも過敏に反応してしまう。

「蓮子は、こ、こういうことしたことあるの」

「馬鹿野郎。はじめてに決まってんだろ」

「でも、すごくうまい……あう！」

棹と亀頭冠の境目に舌先を入れられ、くねくねと揺すられる。ビリリッと快感電流がほとばしり、粘液がどろりと鈴口から滲んだ。

「なんか変な汁が溢れてきた。んちゅっ……しょうがないやつだなぁ。んちゅ、ちゅぱっ……んふ、えろ……ネバネバしてる……ちゅる」

蓮子は亀頭冠をアイスキャンディーでも舐めるように丹念に磨いてくる。

「穴があいてる。ここからやらしいのたくさん出るんだな。ちゃんと、刺激してやらないとな……えろ、んぐ……ちゅっ」

「うわあああああ！　そ、そこ、び、敏感……くううぅっ！」

鈴口に舌をねじこまれ、全身が引き攣《つ》った。尿道が痺れ、棹全体が痙攣《けいれん》する。

先走り汁が飛び散り、蓮子の顔を熱く濡らす。

「感じたんだな。やらしい声だしやがって。男って、女相手なら誰にいじられてもすぐいやらしくなれるんだな」

「そ、そういうわけじゃ……うぐう！」

「ここで精子ができんだろ、知ってるぞ。……うわ、すごっ。パンパンじゃねえかよ。もうお前もたまらねえってことか」

陰嚢を指先で転がされると、腰が持ちあがった。

「ダメだって。揉んだらぁっ……あっ、うっ……うぅぅ！」

「嘘をつくな。んふふー。おちん×ん、びくびく震えてるじゃないか。エッチなつゆもいっぱいでて……えろ、んちゅ、チュパッ……んふふー、やらしーやつめ」

絶妙な力加減による転がしに、ペニスが痙攣した。タマを弄られることがこんなに気持ちいいなんて。パンパンに膨張した亀頭がひりついた。

「んちゅ、ちゅぱっ……えろ、べろべろっ……先っぽ、すごい。ツルツルしてて。エッチな匂いがスゲえつまってる……ンフ、ムフゥッ」

蓮子は肉茎へ唾液をまぶしながら、悩ましげな表情を曝《さら》す。

「どうだ。気持ちいいか。気持ちいいだろっ」

帯刀は眩暈《めまい》がするほどの肉悦に呻き、何度も小刻みにうなずいた。

「……そ、総長の時よりもいいのか」

「ええ!?」

「どうなんだよ。あたし、総長よりも、お前を気持ちよくしてやれてるのかって聞いてんだよ。別に総長に告げ口なんてしないから正直に答えろ」

蓮子は太幹に舌を這わせ、そのまま陰嚢に唇を寄せて吸いついてきた。陰毛が顔に触れるのも構わず、ジュルルルルと精巣を袋ごしに吸引されてしまう。

官能が炸裂し、棹肉がビイイイインと爆ぜた。

「そ、総長の時より、い、いいかもぉ！」

男の弱い部分を無意識のうちに刺激する蓮子の手腕に、声を上擦らせながら言った。

これは浮気じゃない。第一、総長とエッチしたのは恋愛感情抜きだったんだ、だからこれは別に浮気じゃない……帯刀は必死に己へ言い聞かせる。

「くふふー」

蓮子は得意げに微笑む。そして口を大きく開けたかと思えば、破裂寸前の風船のような精巣を甘噛みしてきた。

「ひあああああ！」

脊椎に快美パルスが波紋をつくる。執拗な責めに腰がガクガクと情けないほど、打ち震えてしまう。

「タマ、おおきいじゃねえか。びくびくってやらしく震えるのが伝わってくるぜ。あむ……あむむ……意外と触った時よりもやわらかい感じする」

カジカジと噛まれ、ベロベロと唾液をまぶされる。昂奮のボルテージが引きあげられ、汗が全身を流れた。

「き、気持ちいい。蓮子の舌、ぷにぷにしていて蕩《とろ》けちゃいそうだ」

蓮子の口唇愛撫は繊細だ。普段の猪突猛進な彼女からは予想できないような甲斐甲斐しさに、帯刀の下半身は節操なく悦んでしまう。

「あむ、あむ……んちゅ、タマってクセになるかもぉ。歯ごたえがよくて、このまま食べたくなってくるぜ」

「あああ！　そんなに何度も囓《かじ》ったらダメだってえ！」

しかし言葉とは裏腹に、帯刀はもっと感じたいと腰をはしたなく迫りだささせてしまう。痛みとむず痒さの狭間で、陰嚢がびくびくと震え、マゾヒスティックな背徳感が背筋を駆けあがった。

「んうぅぅぅ！　おちん×ん、いきなり顔にすりつけるなよぉ。うぅ、エッチなおつゆが顔についちゃうじゃねえか……え、エッチな匂い……たくさん、あたしにつけるなよ」

くすぐったそうに眼を細める蓮子。彼女はやがて自ら、生殖器へ頬を寄せかえした。

「唇へのキスはダメでも、こっちの口へのキスはいいだろ」

顔をおびただしい牡汁でヌラつかせながら、亀頭冠へキスの雨を降らせる。

「蓮子、俺、そろそろ出そうだよ！」

「んちゅ、ちゅん……ちゅぱ、出るって……精液でるのかよ……ちゅぱ、ちゅる、ズルルルルルッ！」

昂奮が最高潮に達すると同時に、帯刀は蓮子の愛らしい顔へグロテスクな肉棒を押しつけ、激しく腰をしゃくらせる。白いマグマが尿道を押しひろげて、頂《いただき》めがけて一直線に駆け抜ける。

「でるうぅッ！」

ビュルルウゥッ！

「きゃうぅ⁉」

長く尾を引く白濁汁がしぶきをあげ、蓮子の顔を焼き焦がした。

精液はそのあとも尿道を押し通っていくつもの白い軌跡を描き、蓮子の顔をベトベトに汚していく。

「す、すごい、たくさん。帯刀……いっぱい、あたしにくれたのかよっ」

表情をほころばせる。

蓮子はぽうっと頬を赤らめ、付着した精液を指ですくって舐め取った。

「んちゅ、……むふーっ。熱くてドロドロしてて……なにこれ。すごく喉にひっかかる……それにしょっぱいよ。ちゅる、えろ、んふう」

女の子座りしながらしゃぶる蓮子の姿に、ごくりと生唾を飲んだ。

可愛すぎる！

放出直後で柔らかかった勃起がグンッと力強く屹立し直した。

「蓮子」

「にゃぐ⁉」

帯刀は、蓮子を四つん這いの格好で押し倒す。

特攻服の『天下無双』の文字と、頬をエッチに赤らめた彼女との対比が、強い女性を組み敷くようでリビドーが高まった。

「蓮子が欲しいっ」

帯刀は耳もとで囁く。彼女はむずがゆそうにジタバタした。ベッドが軋みをあげる。

「ちょ、や、やめろぉ！　あたしは先輩なんだぞ！　と、特攻隊長なんだぞ！　こんなこと……押し倒すなんてことしていいと思ってるのか⁉」

「だって今はそういうの関係ないんだろ。蓮子が言ったんだぞ」

「それでもこんなことまで認めた覚えは……ひあ！」

スカートがめくれて、露わになった尻朶へ勃起を擦りつけると、蓮子は声を絞った。

「お、おちん×ん、熱い……ッ」

すりすりとお尻に粘液を塗りひろげてやる。

蓮子のヒップは肉づきに欠けるが白くて小さい。それにえくぼができて、健康的で愛らしい。

「蓮子のお尻、小さくて、スベスベしてて、気持ちいい……」

「うぅ。わかったよ、わかったから落ち着けよ、ちょっとでいいからっ」

「イヤだ。このましたい」

「あ、あたしははじめてなのに、こんな格好でするのか⁉」

帯刀は蓮子が逃げられないようにのしかかったまま、下着をまさぐった。クロッチ部分は準備万端で濡れている。

「くふうぅ！　ああ、ダメだ。馬鹿やろっ。そんなところ触るなよ！　それ以上やってみろ、あたしの力でお前を一生逃げだせぬ無限のぉ……やあん！」

ヌチュ、グチュ。船底をいじくってやるといやらしい水音が響いた。

「無限の……なに？」

「む、ムゲッ……むげんっ……むげんのぉ、ろ、ろうごくぅ……オリぃ……ひゃああ……やみのちからぁ……ひぃぃぃぃん！」

蓮子は一瞬全身を強張らせたかと思うと、ビクッビクッと全身を痙攣させる。両足がハの字になりながら、ベッドのシーツを引っかいた。

「もしかして蓮子、イったの？」

「イってない。イってなんかないぞぉ。ううぅ。あたし、特攻隊長なんだ、すぐ気持ちよくなるような女だと思うな！」

しかし否定は弱々しく、強がっているところが官能をなおさらかき立てる。

「蓮子ってもしかして、マゾ？」

「そんなわけないだろぉ……う、くぅ。『清咲の猛牛』を舐めるなよ！」

絶頂の余韻のせいか蓮子の声はどこか弱々しい。

「でも不本意に弄られてるのに感じるなんて。ほら、エッチなおつゆだって足を伝っちゃってる。随分感じたんじゃないか」

帯刀はショーツをずりさげた。指でまさぐれば、キュンと縮みあがる粘膜の感触。

「ら、らめえ。そこ弄るの、き、禁止ぃ。くはぁ……ひいい、指、入れちゃ……や、やめろぉ！」

「ここ、かな……」

ズブリ。

「ふあぁぁ！　はいっちゃった。あそこ……い、痛っ……ダメ、深いところまで入れたらダメ。はじめてだからぁ……痛ぁい！」

指を受け入れた肉唇からドロリと粘液が染みだす。膣肉のほうは何時間も煮こんだお肉みたいにトロトロに蕩けつつも、キュウキュウと指を食い締めてきた。

「締めつけ、きついなっ」

「馬鹿か、お前ぇ！　許さない……こ、こんなことして、覚えてろよぉ！　くひいい……こんな、こんなことぉ……にゃふぅ！」

指を少しでも動かすと、蓮子は生汗をちびらせながら震えあがる。

「蓮子のおま×こ、やらしいのな」

「や、やらしくなんか……ヒイウゥゥゥ！」

帯刀は蓮子の細腕、その手首をつかみ、自分の方へ引き寄せる。

そして漲《みなぎ》った怒張をひくひくと物寂しげに反応している蜜門へ押し当てた。蓮子の玉肉はびっくりするくらい熱を孕《はら》み、泥濘のように蕩けている。

「や、やめろぉっ……こんな格好……はじめては、もっと、や、優しくしろぉっ」

「本当にイヤなの」

帯刀は柔らかなラビアをほぐすように亀頭冠でくすぐった。柔襞が絡みつき、まるでいくつもの舌でフェラされているような錯覚を覚える。

蓮子は何度も呼気をつまらせながら、お尻をくねくねと揺らめかせた。

「蓮子が本当にイヤならやめるけど？」

腰を小さく揺すれば、蜜裂からは熱い雫がドロリと垂れる。

「い、イジワルの次は、きょ、脅迫かぁ。ううぅ！」

「そんなことないって」

「……わかった。わかったからぁ。もうしろぉ。好きにしろよぉっ！」

「それだけ？」

帯刀は押し当てていた勃起を引いた。蓮子は情けない声をあげる。

「な、なんだよ。これ以外なにがあるんだ」

「蓮子、お願いは？　ちょうだいって言ってくれてもいいだろ」

蓮子が悔しさと物欲しさとが入り交じり、切なげな表情を浮かべた。

胸が疼く。

伊吹との時はマウントポジションをとられ、一方的に搾り取られることに感じ入るばかりだったが、こうして精神的優位に立つのも悪くない。

「お、お前、あんまり調子に……」

「じゃあ終わりにする」

蓮子は歯嚙みしたが、やがて諦めたようにむぅぅ……と呻いた。

「わかった、わかったよ。言えば……い、言えばいいんだろ。……し、してほしい。奪って、欲しい。お前に、帯刀のおちん×んに、あたしのはじめてをあげたい、奪ってもらいたい……こ、これでいいんだろっ」

「よしよし」

帯刀は手首を握る力を強めると、自分の方へ引きつける。

「ひいいい！　帯刀のおちん×ん、あたしのエッチなところに当たってる！」

ズブリと強張った牝の穴が、牡の形に歪むのがわかった。

「く、くるう。帯刀のが、あたしのなかに入るぅぅ！」

胎内を押しひろげられる感覚に、蓮子は声を引きつらせた。

こなれていない粘膜に痛みが走る。それなのに内からこみあげる熱いうねりは勢いを増して、全身を駆け抜けた。

帯刀の侵掠感に、ひいひいと呼吸を何度もつまらせなければならない。

「まだなのかよ、まだ入るのか!?」

「まだ全然。先っぽが入ったばっかりだからっ」

「そんな。これ以上入れられるなんて、そんなことされたらダメだ。あたしのなか、こ、壊れちまう……ひいあああっ」

ズリッズリッ。膣肉を巻きこみながら、太い心棒が無理矢理に食いこむ。粘膜が収縮し、ドキドキがとまらない。

痛みが胎内で爆ぜた直後、粘膜に疼きが走った。蠕動する粘膜が奥へと導きながら、おつゆをこぼす。

（あ、あたし、もしかして感じてるのかよ。こんなに好き放題されて、乱暴にされてるのに……どうして身体が熱くなってきちゃうんだ。あたしはマゾじゃない。特攻隊長がマゾなんて……そ、そんなこと絶対に……あったらダメなんだっ）

「ヒィッ!?」

太々とした肉凶器をさらに押しこまれた瞬間、お腹のなかで熱波が広がった。

「ああああああ、ふ、深く、く、食いこむううぅっ！」

壮絶な拡張感に、無数の官能の矢が理性へ突き立った。

同時に長かった挿入感がようやくストップしたが、全身から生汗をちびらせた蓮子はハアハアと呼気を喘がせる。

お腹が膨れ、突っ張っていた。これがすべて帯刀の牡の力だと思うと、膣肉が勝手に動きだしてギュウウッと締めつけてしまう。

「蓮子、全部入ったよ。蓮子のはじめて、もらったからな」

限界までひろがった膣口がジンジンと熱く痺れ、火傷したみたいだった。お腹を思いっきり突きあげられると、不思議な浮遊感を味わう。

「蓮子のがキュッキュって俺のを締めつけてくる。蓮子、もしかしてもう気持ちよくなりはじめてるのか」

「か、感じてない。あたし、はじめてだから感じるわけな……ひゃあああンッ！」

ズリリッ。膣部を押しひろげていたモノが引き抜かれると、頭のなかで火花が爆ぜた。

そうかと思うと、再び長大なペニスが深々と抉《えぐ》ってくる。

「うむっ……んうぅぅっ……深いの、す、すごいッ。ああ、頭がぐちゃぐちゃに、さ、されちまうっ」

乱暴に突き入れられているはずなのに、穿《ほじ》られるたびに膣粘膜の感覚は研ぎ澄まされ、肉悦が理性を圧迫した。

ついには腰が勝手に動きだす。まるで下半身が意志を持ったみたいにくなくなと揺れ、醜悪な肉銛にすり寄ってしまうのだ。

「蓮子、動いても大丈夫なのか」

「知るかよぉ！　あたし別に動きたくないのに勝手に身体が……ああっ、いやなんだよ、こんないやらしい、アアアッ……すごい。お前の張りでたのが、あたしのなか、ずりずりって引っ張って、ひ、引きずって……ああ、お腹、痺れるうッ」

恥ずかしい。これまでは伊吹だけが唯一無二の存在だったのに、今こうして帯刀と深い関係になっている。今まで伊吹さえ知らない場所を占拠され、刺激され、よがっているのだ。

（で、でも、いいよな。別に総長はコイツが好きだったんじゃなくて、他に事情があったんだから……だから別にこれは裏切りとか背信じゃない！）

上の人間が手をつけた相手と秘かに交わる後ろめたさがあることには変わらない。しかし、それが背徳のスパイスとなって未熟な身体を灼《や》き、未発達な膣門は、牡の本能に浮かされて急速に開花しはじめていた。

発情期にでも入ったみたいに全身に熱が籠もり、どうしようもなく蓮子の女を刺激する。帯刀という存在に身体が酔い、子宮口がはしたなくも下りてきてしまう。

「こんな恥かかせて、覚えてろぉ……絶対、ゆ、許さないからあ……ひあああ、奥、ズボズボ……うぅぅ、く、狂う！」

「怖いな。さすがは特攻隊長、その言い方、すっごい迫力だ」

「だから、馬鹿にするなって……ひいい、奥、ああ、ぬ、抜け……抜くなぁっ！」

最奥を抉られ、引っ張られれば尻が物欲しげに揺れてしまう。はしたないビラビラが、蜜口からこぼれた。

「お望みとあらば」

一度引かれた逸物がズンッと突きあげてきた。同時にお尻全体に帯刀の下半身が力強くぶつけられてしまう。瞬間、火花が散った。

「あああああんっ！」

「うぐ。すごい締めつけ。やっぱりマゾなんだ。思いっきり突きあげると、こんなにも締まりがよくなるなんてさ」

「ち、違う。あたし、そんなマゾじゃない……ひゃあああ、ダメ、ズンって強くついたら、頭がおかしくなるんだ。痛かったのに、どうしてこんなにもあたしのなか、痺れて、ヒリヒリして、帯刀のが入ってくるのがよくなってるんだ!?」

お腹のなかを荒々しく攪拌《かくはん》されると、頭までグチャグチャになってなにも考えられなくなってしまう。

ただでさえ今の体勢は帯刀が優位。強く抉るのも、弱々しくこちらを焦らすのも。しかしやりたい放題好き放題勝手次第に振りまわされているはずなのに、蓮子の身体はだらだらといやらしい体液を流し、勃起肉へどうしようもなくすり寄ってしまう。

（あ、あそこが、すごくビリビリしてる。一番奥を叩かれると、たまらなくなっちゃう。あたしってほんとうにマゾなのかよぉ！）

「ひ、ひいい……ぐちゃぐちゃにされて……よがって……総長はこんなに、ひどくなかったのに。あ、あたし、総長よりもエッチな女の子なのか……ヒイイィィー！」

律動が今も小さな波のように断続的につづく。そのたびにさっきまで処女だった膣穴が蠕動を繰りかえし、勃起を咥えるニュポ、ヌポッという淫らな音をたてる。

「蓮子、もう痛くない？　もうそろそろ俺もきつくなってきたから。本気で、蓮子のなか、かき混ぜたいと思うんだけど」

「ちょ、ちょっと待って！　落ち着け、タイムタイム！　い、今まで手加減してたのか⁉」

今まででも充分、狂わされるそうな激しさなのに、それがもっとひどくなるなんて、蓮子にはとても想像できない。しかし身体は素直だった。

（ああ、やだ……た、垂れて……きちまう。楽しみだって、身体は思ってるのかよう）

頭のなかでちょっと想像しようとするだけで、こなれてきたラビアは締めつけをきつくし、はしたなく蜜を垂らしてしまう。

「おい、し、締めるなってっ」

「ダメ。ま、まだちょっと痛いんだ。だから激しくなんてダメだあっ」

嘘をついてどうにか刺激をやりすごそうとする。もしこれ以上ハイスピードにされたら絶対狂う。壊されてしまう。

蓮子は必死に抗った。しかし少しでも腰を引こうとすれば、張りでたエラが柔壁を擦り、電撃が全身を射抜くのだ。

「そっか、まだ痛いのか……ならちょうどいいかも」

「はあ!?」

「だって蓮子はマゾだから」

「お前、あたしの意志なんて最初から……ひあああああっ」

帯刀は律動を再開する。鋼の棒が角度や深さをさまざまに変えながら子宮に迫ってくる高速ピストンに、蓮子の小柄な体躯はガクッガクッと振りまわされた。

（こ、コイツ、見た目の凶悪さと性格が一致してやがる）

肉の栓が抜けきるか抜けきらないかギリギリのラインまで引かれると、まるで阿《おもね》るように柔襞が収斂《しゅうれん》する。

「いくぞ」

ズンッ。深々と挿入し、返す刀で次の一撃を穿つ。収斂していた粘膜がビリビリと引き剝がされ、いくつもの火花が脳裏で爆ぜた。

「ああ、だ、ダメえ！　強い、激しい、ひどすぎる！　こ、こわ……こわれ……壊れる。そんなに激しく動かされたら、壊れる。あたし、だ、ダメだって。壊れちゃうから。こんなこと、ああ、頭が爆発しちまうよ。おかしくなって……ひいい、ひいいいいッ！」

ズブ、ジュブ、ヌチュ、グチュ、ズチュウッ！

矢継ぎ早な抽送運動。息もつかせぬ激しさに蓮子は涙をにじませ、子犬のように喘ぎ、本気汁を溢れさせる。同時にお尻にぶつかる帯刀の勢いも激しくなり、まるで折《せっ》檻《かん》でもされているようだ。

「はあん！　やあん！　お尻、ダメ、ぶ、ぶつな。お尻ぶちながら、入れるな、ぬ、抜くんじゃない！　ああんっ！　ダメえ。身体が反応するの、し、しちゃうんだよ！

バチンバチンだめえ、お尻、腫れちゃう……おま×こ、燃えちゃうッ！」

「やっぱりさっきの嘘だったんだ。やっぱり気持ちいいんだろ！」

バチン！　バチンッ！　帯刀も意識的にお尻を打つ動きを強めた。

その上、痛いくらい手首を握られ、子宮口が集中砲火にさらされてしまう。

「ああっ……はぁあンッ。んむううううぅぅぅ……っ!!」

突然、股間の奥でうまれた熱さに両足を擦り合わせてしまう。

（え。うそ、どうして今なんだ！）

我慢しようと腹筋に力を入れれば自然に膣肉が収斂して、勃起と粘膜がさらに密着してしまう。

胎内でペニスがビクッと力強く脈打つ。

「ひゃあっ！」蓮子は涙の粒を滲ませ、身悶えた。

突然襲い来たのは尿意だった。

必死に我慢しようとするが、その一方で尿道と密接した膣をヤスリがけされるような摩擦感に追いたてられ、排泄感に涙目になってしまう。

「あぁっ……だめだ。帯刀ぃ、今、う、動かれたら、漏れちまうだろうが！」

「え、も、漏れる⁉」

「おしっこ、でちゃうんだ。おしっこ、も、漏れちゃいそうなんだよ。悪いかよ、しょうがねえだろ！」

蓮子は捨て鉢な気持ちで叫んだ。

死にものぐるいで尿道を狭めようとするが、こみあげてくる肉悦が邪魔をした。しかし生理的反応には抗いがたく、どんどん無視できない存在になってしまう。

「もうすぐだから、我慢しろっ」

「無理だよ、無理無理無理ぃ！　絶対漏れる。こんなの無理だぁ！　漏らすからな！　も、漏れちゃうんだ、仕方がないんだからなぁっ！」

限界が見えてくる。蓮子は涙ぐみながら、口早に言った。

ジュブ、グヂュ、ズヂュ、ヌチュッ！

愛液が雨だれのように溢れ、尿道口がひくひくと神経質に微痙攣を繰りかえす。何度も内腿をすりあわせたが、もはや排泄欲求は無視できなかった。

「き、気持ちいい。おま×こほじくられるのも、お尻ぶたれるのもイィ！　お漏らししちゃいそうなのにぃ、ひいい、好き放題されて最高なんだ。あ、あたし……ダメ、も、もう……ああ、きちゃう……からだがどこかになくなっちまう。おしっこ漏らすからな、お前が悪いんだからな。漏らすのはお前の……あああ、おしっこの我慢ムリイイィィイ……気持ちよくなりながら漏らすううぅぅうっ！」

尿意が最後の理性の関門を突破すると同時に、帯刀が自分のほうへ蓮子の身体を引きつけてくる。

ガツンと子宮口を撃ち抜かれ、頭のなかが真っ白になった。

決壊した尿意が津波のごとく押し寄せる。

「とんじゃう。こ、これ……イクッ……はじめてで、イクッ、こんな乱暴にエッチしてるのに、狂っちゃうくらい最高になっちまうよぉ。はじめてで、すごい、爆発する、死ぬ……死ぬうーッ!!」

「で、出る！」

ビュル、ドビュー、ビュ、ドクッ、ドクウッ！

胎内に充ち満ちる熱い奔流がながれこんだ瞬間、

「ひぎいい、ひいいいい、も、漏れるう、あふれるう、特攻隊長がお漏らしするううううう、精液を中出しされながら、お漏らし、み、見るな……み、見るなよおぉぉおぉおぉお……っ！」

プシャ、プシャッ、プシャアア……ショワアァァァァァ……。

表面張力を保っていた尿意が解放された。あまりの気持ちよさに涙がつーっと流れて頬を伝う。

「ひゃ、ああ、あひぃっ……」

胎内で灼熱が弾け、腰をガクガクさせながら延々と長い排泄行為を繰りかえす。

膣に熱々の子種汁を吐瀉されながら、尿道口は黄金色の放物線を描く。中出しされるごとに腰がしゃくれ、放物線が波うった。

「はあぁ……ああ、たくさん、でるう……で、でちまってるう～……ひあああ、き、きもちひぃ～～～～」

下半身を引き攣らせながら、勢いよく放出されたものがシーツを濡らしていく。

狂おしい我慢の末に迎えた解放感は、屈辱感や嫌悪感というあらゆる感情を押し流す。あとにのこったのは、桃源郷を垣間見た蓮子の至福の恍惚顔。

「で、出て……る……いっぱい……たくさん、エッチなおつゆ……で、出て……おしっこでて、あ、あたしのなかにたくさん、熱いのが注がれてる。ひ、ひいいッ……ああ、おしっこ、とまりゃない……」

蓮子はあまりの愉悦感に啜り泣く。

子宮口へ灼熱を吐きだされる愉悦と、お漏らししたことの解放感とが綯い交ぜになり、急速に意識が遠のいていった。


「バカ野郎！　エッチに夢中でキズ口が開いてんのを無視するヤツがあるかよ、このの阿呆が!!」

行為が終わると、蓮子はいつも通りだった。

「ご、ごめんなさい、芙蓉さん」

「二人っきりの時は蓮子で構わないって言ったろ。でも総長の前ではいつも通りでいけよ。勘繰られるのはイヤだからなっ」

「蓮子、質問してても?」

「なんだよ。くだらねえことだったらぶん殴るからな」

「どうして蓮子は生徒会に入ったんだ？」

「……なんだそんなことか」

蓮子は制服の袖をまくりあげて包帯に包まれた腕を見せると、無言で包帯をほどきはじめた。するとその下からは点々と黒い焦げ痕のついた肌が露わになる。

「それって」

「根性ヤキ。名前くらいは知ってんだろ。……あたし、中学の時今よりももーっと大馬鹿だったんだ。そんな時に、総長に出くわして。つっても、その時は総長じゃなかったんだけど。一つしか違わないやつにあーだこーだって説教されてさぁ。こっちは怒り心頭で。やっちまえーって、当時のグループ全員で襲ったっていうのに簡単に負けちまって。こっちは十人もいたのに総長は一人で」

（す、すごい……）

「みんな、あたしを置いて逃げていった。でも総長だけが残って面倒みてくれたんだ。あたしの腕を見て、綺麗な肌なのにバカって小突いてサ。でもすごく優しかったんだよな。この痕も整形で消せるって教えてくれたんだけど……バカだからあたし、こういうのないとすぐに忘れて元に戻っちゃいそうで。このバカな証拠を見て、忘れねえようにして、足を洗ったんだ」

「でも、それじゃあどうして生徒会に入る時、総長と戦ったんだよ……。恩人だったはずだろ?」

「リベンジに決まってるだろうが。いくら憧れだって、負けてばっかなんてイヤなんだ。でもやっぱ総長強くてさあ、やっぱり総長だよなあ」

蓮子は伊吹の勇壮な姿を思いだしているのか、まるで恋する乙女のように微笑みながら、腕に包帯を巻き直す。

「あたしにとってこれはもうほんと、闇そのものなんだ。でも総長が、これを闇だって教えてくれたからこそ、わかった。だから総長の下にいることを選んだんだ。総長はあたしにとって光そのものだからな。そんな総長に恩返しがしたくて生徒会に入ったんだ」

総長は帯刀の母に救われ、今の道を選び、そして蓮子は総長に救われた……。志はたしかに受け継がれていた。

風紀粛正の章　婦警さん×バニーガール！

「……………………嘘」

帯刀の目の前には、白亜の豪邸が聳《そび》え立つ。屋敷の前には清咲学院の校庭と同じくらいの面積はあるであろう鮮やかな色彩の庭園がひろがっていた。

「なにしてるんだよ。さっさとしろ。総長がお待ちなんだぞっ」

帯刀の前を歩いていた蓮子が声をあげる。蓮子は無地のシャツの上からジャケット、ホットパンツというカジュアルな装い。

先導する燕尾服の執事は我関せずと立っている。

「蓮子。本当にここって総長の？」

「知らなかったのかよ。風祭グループ。総長はその一人娘なんだぜ」

「風祭グループ……」

日本でも有数のグループ名に頭のなかが白くなった。

（そんなお嬢様が総長やってるのもすごいけど、そんな人にちんけな庶民の家を見られて、そんな人に告白するなんて。知らなかったとはいえなんて無謀なことをしたんだ！）

自分の格好を確かめてまた青くなる。ポロシャツにジーンズなんて。いかにも気合が入ってますという格好を避けたのが完全に裏目に出た。

「総長のご両親もおられるかもしれないんだから、しっかりしろよ」

今日は休日。帯刀たちは中学三年生の学校訪問を間近に控え、生徒会の存在をアピールする対策会議のため、伊吹から招集されたのだ。

帯刀たちは玄関ホールへ通される。

ホールの床は天然の大理石で、正面には大きな階段が伸び、踊り場のところで左右に分かれて二階の廊下へとつづく。

「いらっしゃい」

帯刀が中世の王侯貴族の居宅のごとき豪華さに目を瞠《みは》っていると、頭上から声がふってきた。顔をあげれば、フリルドレスをまとった女性が階段を下りてくるところだ。光沢のある黒髪を三つ編みに、首には真珠の首飾りが輝く。整った顔にはうっすらと化粧をしていた。執事は頭を深々とさげ、退出していく。

（キレーな人だ）

切れ長の瞳や高い鼻梁のノーブルな顔立ちに、ドレスごしにもわかるすらりとしたモデル体型まで伊吹を思わせる。

（総長の妹さんかな。美人姉妹か。いいなあ）

「どうしたの？」女性が小首をかしげた。

ハッと我に返った帯刀は一歩踏みでて、頭をさげる。

「俺……じゃなくて僕は伊吹さんの後輩の、生徒会見習いの仙堂帯刀って言います。伊吹さんにはいつもお世話になっていまして……」

「帯刀、なに言ってんだよ」

蓮子が眉根を寄せた。

「だってはじめて会う人だし。だってこの子……っていうか、この人は、伊吹さんの妹さんか、お姉さん、だろ？」

女性が吹きだした。帯刀はいきなり笑われてきょとんとしてしまう。

「帯刀。私だよ、私。伊吹だ」

「うえぇぇぇぇぇぇぇぇぇぇぇぇぇぇ⁉」

「それはいくらなんでも驚きすぎじゃないか。……まあいい。詳しい話は部屋でするとしようか。しかし今のは傑作だったな。く、くふふふっ」

伊吹の部屋は三階の陽のよく入る場所にある。広さは、帯刀の部屋が優に三つは入ってしまうだろう。今帯刀たちがいる部屋は応接室。その奥にも部屋があるらしく、重厚そうな扉がある。

帯刀たちは横に広い楕円形のテーブルを囲んでいる。帯刀の向かいに、伊吹と蓮子がいる。

「混乱させてしまったようだな、すまない」

「本当に総長でいいんですよね」

「申し訳ない顔はしなくてもいい。レンコンだって、はじめてこの姿を見た時、お前と同じ反応を見せたからな」

「総長、それは言わなくてもいいじゃないですかぁっ」

目の前の清楚な女性が総長だとわかった今でもチラチラと何度も盗み見てしまう。普段の颯爽《さっそう》とした美丈夫ぶりも格好いいが、今の深窓の令嬢ぶりもまたたまらない。

「なんだ、さっきからジロジロと。帯刀はこの格好のほうが好みか」

「い、いえ。ただいつもと雰囲気が違うので。あのー、もしかしてここでそういう格好をしているのは……」

「私が総長であることは屋敷のものは知らない。親も含めてな」

かの風祭グループの令嬢が、ワルの元締めというべき清咲学院の生徒会長をやっていることは知られたくないのかもしれない。

「勘違いするな。別に家の名前を気にしているわけじゃない」伊吹は帯刀の心を読んだように言った。「うちの両親はちょっと、な……」

「あ、そ、そうなんですか」

帯刀は気まずくなった。その気持ちを接してくれたのか、伊吹は話を先に進めてくれる。

「さて、今度の学校説明会についてだが……」

「やっぱり生徒会への親しみやすさをアピールするのが最善だと思います」

「おい。そうやって前のネットの時みたいに総長に恥をかかせようっていうのか」

ガルルルと蓮子が犬歯を剝いた。

「蓮子、落ち着けって。中学生たちが総長のことを忘れられないような魅力的な格好をしたら、総長にホレて、きっと生徒会に入りたがるだろうなぁと」

「つまり、私にコスプレをしろと？」

「いいえ！　普通の制服でも充分だと思いますけど……」

前に一度だけ見た麗わしい制服姿を思いだしながら言った。

「馬鹿野郎。総長は総長じゃなくちゃダメなんだよ。清咲のトップらしく、いつもの特攻服で通すんだよっ」

「だが確かに奇をてらうことは必要かもしれない。それは別に生徒会に入る入らないは関係なく、だ。少子化の今だからな。定員割れしては生徒会どころの話じゃない」

伊吹がぽつりと言えば、蓮子はすぐに切り替えて拳を振りあげた。

「そうですよね。よし、じゃあコスプレだ。帯刀、どんな格好するんだっ」

「レンコン、ちょっといいか」

「はい、総長、なんですか！」

「……いつから帯刀のことを名前で呼ぶようになった。帯刀、お前もだ。レンコンのことを名前で呼ぶんだな。いつの間にそんなに仲がよくなったんだ」

蓮子の頬がカアッと赤くなった。

「そ、総長……別にあたしはこの男とはもうなんにも関係ありません！　エッチなことは、い、一度だけ……一度だけで、それに一度だけだってあの時の一時的な気持ちだったから……その時にはあたしのために怪我させちゃって悪かったというか、コイツ意外とやるんだなあって普段の情けなさとのギャップっつーか……」

蓮子はパニック状態になって言葉を列《つら》ねる。すべてがドツボだ。

「ほー。エッチなことか」伊吹の鋭い睨みが帯刀を射抜く。「お盛んみたいだな。ええ？　お前の漢を磨くとは、そういうことなのか。帯刀」

「ご、誤解ですっ」

「なにが誤解なんだよ。あんだけ乱暴に人のなかほじくりやがって。総長聞いてください。コイツ、はじめてのあたしに向かって入れて欲しかったらお願いしろとか言ったんですよ!?」

「総長、俺の話も聞いてください。これには深いわけが……」

伊吹の透徹とした視線に貫かれた。

「そこまで懸命に否定する必要はない。別に私とお前との間にはなにもないんだからな」

帯刀のなかで、伊吹の声は北極海よりもずっと冷たく響いた。

「かえってよかった。とんだ浮気者と一緒になるところだった」

「すみません。あたし……」蓮子は肩を落としてしょぼくれる。

「レンコン、なにを謝ることがある。ん、好きなら好きで私に気兼ねなんていらないぞ」

「いえ、やっぱりあたしは総長が好きなんです。こんな男なんて! ガルルッ!」

伊吹と蓮子はそろって、帯刀から距離を取る。

帯刀は完全にアウェーな位置に放りだされたが、言い訳のしようがなかった。

「反省しているのか」

帯刀はうなずき、気をつけをした。

「自分がどれだけのことをしたか自覚は？」

「あります！」

「もし悪いと思っているならどんなことでもやってのける覚悟は？」

「あります。清咲の生徒会に入った時からそのつもりです！」

伊吹は内線電話でどこかに連絡を入れる。

間もなくしてメイドが現れた。やぼったいメガネをかけて、頬にはそばかす。年齢は帯刀たちとそう変わらないように見えた。

「お呼びでございますか、お嬢様」

「美沙代《みさよ》さん」伊吹は一トーンほど声を高くし、ゆっくりと喋る。お嬢様モードだ。

「たしか趣味でコスプレをしていると聞きましたが、今すぐに衣裳を用意することはできますか？」

「い、いくつかは」ご令嬢と直接会話することに慣れていないのか、その声は硬い。

「そちらの殿方に似合いそうな衣裳があったらいくつか着せて欲しいのだけど。今度、学校の隠し芸大会で披露してもらおうかと思って」

美沙代は帯刀を一瞥《いちべつ》するとなにかを確信したかのようにうなずいた。

「畏《かしこ》まりました」

「か、会長ぉ！」

「期待しているわ」

帯刀は不安で胸がいっぱいのまま、美沙代に手を引かれて退出した。

そして三十分後。帯刀はスカートを翻し、戻ってくる。

「し、失礼します……」

帯刀は満足げな美沙代の顔を何度も振りかえり見ながら入室した。

伊吹たちの驚いた顔が迎えられる。

「お待たせしまして申し訳ありません、お嬢様」

「随分遅かったのね」

「衣裳合わせにお化粧など、つい熱中してしまいまして。この方は化粧ののりがよかったので」

帯刀は身をもじつかせる。帯刀は今メイドの格好をしていた。ただしこの屋敷のではない。美沙代によると、少年誌の漫画に登場するキャラクターの衣裳らしいが。

服のデザインは赤を基調にしたものに白エプロン。スカートはミニ。そのせいで、白いストッキングをガーターで吊っているのが丸見えだ。ただでさえスカートがスースーして落ち着かないというのに、ハッキリ言って恥死量相当のコスチュームだ。

さらにセミロングのカツラをかぶらされ、フリフリのカチューシャまで完備。

「お前、本当に帯刀かよ」蓮子が目をまん丸に見開き、口をぽかんと開ける。

「俺……いえ、私はメイドの帯刀と申します」

「こちらへ」

「ま、参ります」

帯刀は歩きだすが早いか、股間と女性用下着とが擦れ合う刺激に下唇を噛み締めた。

美沙代はかなりの凝り性で、メイド服に男物の下着なんてあり得ないと一歩も譲らなかった。

「うぅぅぅ」情けなさと、恥ずかしさのあまり帯刀は目を潤ませた。

「手をどけてみせて。メイドがそんなザマでは仕方ないわよ」

スカートの裾をつかんでいたのを咎《とが》められる。渋々離した。

「ふえええ。すげえー。化粧してっけど、やっぱ帯刀だぁ。すげえーすげえー」

「い、イヤです、やめてください……」

蓮子がスカートを摘んで引っ張ろうとすると自然とそんな言葉が口を突いた。

「口調まですっかり女の子ね。どうかしら。反省はできた？」

「ものすごくできちゃいました。だからもうこれくらいで許してくださ——ひきゃ!?」

いきなり伊吹にスカートをめくられ、思わず甲高い声をあげてしまう。めくれたスカートを必死に手で押さえて、ぺたりと床に座りこんだ。

「面白い。今度の学校見学の時に生徒会のメンバーとして来てもらおうかしら。……

でも、眼の鋭さは変わらないわね」

美沙代も残念そうにうなずいた。

「額のキズはファンデーションで誤魔化せましたし、元々体毛も薄かったので処理も簡単だったのですが、やっぱり目だけはどうにも。色を変えたりはコンタクトでできますけど、本当になんとかするには整形しないと」

「まるでメイドに変装した殺し屋ね」

「こ、殺し屋……」

「いーぶっきちゃん、いるかしらぁ～」

ペースを狂わされるようなのんびりとした声に、全員が振りかえる。

仕立てのよいクリーム色のパンツスーツ姿の女性がノックもなしに入ってきた。

艶々した長い黒髪を背中に流している。眼は開けているのか閉じているのかわからないくらい細い。しかし顔立ちは伊吹にとても酷似し……いや、おそらく女性のほうが年齢は上だから伊吹が似ている、というべきか。ただし身長的にはかなりコンパクトサイズで、百五十の半ばくらい。

「し、失礼いたします」美沙代は逃げるように退室してしまう。

「お、お姉さんですか？」

帯刀がこっそりと尋ねると、

「母だ」

と返ってくる。

「……お母様、どうしたんですか。急に」伊吹はにっこり笑みを浮かべながら言った。

「うーん、実はね……あら。お友達？」

「生徒会の役員たちです」

「レンネちゃんはわかるけれど、もう一人のメイドの方は……あら、綺麗なメイド服。赤いのなんてはじめてだわ。面白い。うちもこのデザインに変えようかしらねえ」

伊吹母は下着が丸見えになるほどスカートの裾を持ちあげる。

「わわわわわ!?」

「お、お母様、なにもスカートの裾を持たなくても」

「あーら、ごめんなさい」

悪びれもせず、のほほんと手を離す。伊吹が注意しなければスカートのなかまで覗きこまんばかりの勢いだった。

「お嬢さん、あらためてはじめてましてー。伊吹の母、玉江《たまえ》でーす」

（名前？　名前って……さすがに帯刀って言うわけには。ど、どうしよう……って、総長も蓮子もなにそろって顔背けてるんですか！　助けてくださいよ！　せめて眼を合わせてくださいよおっ！）

窮地に陥った挙げ句、

「わ、私は……た、たて……タテ子と言います」

伊吹の肩が小刻みに震えた。

(笑うくらいなら助けてください！)

「あら、よいお名前。タテ子ちゃんっていうのねえ。ステキだわぁ」

「あ、ありがとうございます……」

「お母様、それでいったいどのようなご用件でいらっしゃったんですか」

伊吹が訪ねる（帯刀の方は一切見ようとしない）。

玉江は笑顔を浮かべたまましばらく静止した。やがて笑顔を貼りつかせたまま、小首をゆーっくりとかしげた。

「…………………え？」

「いえ、ですからお母様はなにか用があったから来られたのでしょ」

「イヤだわ、伊吹ちゃんったら、当たり前でしょ」

「で」

「……で？」玉江はオウム返す。

「用件ですよ、用件」

「あん、伊吹ちゃん怒鳴らないでよう」両耳を押さえ、いやいやをする。「いきなり怒るから、お母さん、用件忘れちゃったあ。伊吹ちゃんのせいよ。プンプン」

しかし誰の眼にも、それ以前に用件を忘れていたであろうことは明らかだった。

「そ、そうですか。それは申し訳ありません」

あの伊吹が困惑していた。

「いいのよ、いいの。伊吹ちゃんにだって悪気はなかったんだしね。じゃあ、また思いだしたら来るわねえ。じゃ、二人ともごゆっくり〜」

玉江はなんだったかしらねえと呟きながら部屋を出ていく。まるで嵐のような人だ。

「……す、すごく個性的なお母様なんですね」

「今のでいやというくらいわかったと思うが、ああいう人に、私がなにをやっているかを理解させるには何カ月あればいいのかもわからん」

伊吹は疲労感を色濃くにじませ、吐息をもらした。


放課後の校舎内には独特の静けさがある。

耳を澄ませてようやく軽音楽部やら、吹奏楽部の楽器の音色が聞こえる。

帯刀は体育座りで壁にぴったりと頭と背中をくっつけながら、ジッと息を殺していた。

帯刀は今、バニーガール姿だった。別に昨日の一件で目覚めたわけではない。

伊吹から生徒会の宣伝も兼ねて、バニーガールで放課後の巡回を行えと言われたのだ。実際、『生徒会希望者募集中』の看板も持っている。

『二人も女の子のはじめてを味わえて、男としてはさぞ幸せだろうな』

伊吹はテーブルに両足を乗せ、踵を打ち当ててゴッゴッと音を鳴らしている。

帯刀にはその音が、獲物を前にする狼のうなり声に聞こえて仕方がなかった。

生徒会室には帯刀と伊吹の二人っきり。

『本当にすみません！』

やっぱり伊吹は怒っているのだ。伊吹のことが好きだと言いながら、蓮子にも手を出す行為はとてもじゃないが漢の道には適わない。

伊吹の怒りの原因が嫉妬であればいくらか救いになるのだが……。

『お前はまだ私のことを想ってくれていると言った。だが、その舌の根も乾かぬうちに、蓮子とすることは不義理というんじゃないか。それとも心と体は別か？』

帯刀が口ごもってしまうと、バッグが放りだされた。

『これを身に着け、巡回に行け。ついでに生徒会勧誘もしてこい』

なかには、ウサギの尻尾のついたピンクのレオタードに網タイツ、ウサギの耳をイメージしたヘアバンド、踵の高いヒールなどが入っていた。

『こ、これは勘弁してください！　せめて昨日のメイド服で』

『メイド服じゃ、宣伝にならないだろ。……宣伝といったらバニーガールと相場が決まってる』

『………』

『よな?』

『……はい』

『よろしい』

そして現在に至る。自業自得とはいえ、本当に切なすぎる。

(それにしてもこんな格好じゃ、巡回にならないよう)

ただの変質者だ。伊吹の命令に逆らうことになるが、ここで時間を潰すしかない。今、帯刀がいるのは美術室や理科実験室、音楽室などの特別教室の集中した階層で放課後は無人――のはずだった。

「ねえねえ聞いてきいて」

いきなり聞こえてきた話し声に全身が強張った。

「あんな迷惑集団が増えるなんてまったく文明の危機よ。うん……そうなの。こっちは人数だけは多いんだけどね、メリー……やる気ナシなやつばっか。義務だからとりあえず内申書で見栄えのよさそうな風紀委員を選んだのがバレバレなのよ」

(メリー?)

生物室から聞こえてくる。扉がわずかに開いていて、そこからもれているらしい。声には聞き覚えがあった。

「……でもね、私ガンバル。当然よ。負けるもんですか。だって私が正義なんだもん。メリーもそう思うよね。応援してくれるよね。だよね、だよね、そうだよね。もーう。だからメリーって大好き。私の気持ちをわかってくれるのはメリーだけだもん。こんなこと言うと照れちゃうけどね、メリーがいてくれてね、すごく支えられてるんだ。メリーがいてくれればそれで充分……やん、そんなこと言ったら照れちゃうよ」

(新城センパイ!?)

生物室にいたのは風紀委員長、新城仁亜子だった。

(でも他には誰もいない……よな?)

彼女はこちらに背を向けて、背もたれのない丸イスに座っている。

「じゃあご褒美、あげるからねえ」仁亜子はピンセットを持つ。「あん、ダメだぞ。そんなにがっついたら。慌てなくてもちゃーんと鮮度抜群のものをあげるからね」

(新城センパイが、あんな猫撫で声を出すなんて)

軽いショックを覚えた。誰だか知らないが、もしかして仁亜子の恋人だろうか。こんな人気のないところで会っているのもそのせいかもしれない。不純異性交遊うんぬんに対して厳しい(手をつなぐだけでも取り締まりの対象だ)仁亜子のこと。誰にも見られないように細心の注意を払うのもうなずける。しかしもし本当にそうだとしたら他人には目を光らせながら、自分は裏でこっそりと、なんて許せない。

(盗み聞きなんて本当はしちゃダメなんだけど、気になる。新城センパイが付き合っている人が誰か知りたい)

帯刀は匍匐《ほふく》前進で、テーブルを遮蔽物にしながら接近を図る。生物室のテーブルは六人がけでかなり大きい。それだけに身を潜めるには好都合だった。

「メリー。いい食べっぷりね。ほら、まだまだあるわよう。えへへ。やっぱりメリーと会ってる時間だけが唯一の至福だぞ」

(よし。この角度なら)

テーブルの陰から首を伸ばし、仁亜子の視線をたどってみれば。

「か、カエル!?」

水槽のなかで、デンと構えた両生類。それもかなりデカい。

「誰!」

仁亜子と眼が合った。

「きゃ、きゃあああああああああああ」帯刀は思わず声をあげてしまう。

「――って、それはこっちのセリフっ。誰だか知らないけど、見たわね、私の秘密。そんなふざけた格好で……ただじゃすまないわよっ!」

帯刀は逃亡を企てるが、仁亜子に出入り口を一足早く押さえられてしまう。

「校内でそんな破廉恥極まりない格好でいるなんて。……名前と学年を言いなさいッ」

（言えるわけない。男がバニーガールの格好なんてそんなの、口が裂けても言えないよ！）

帯刀の戸惑いを仁亜子は黙秘と受け取ったらしい。カエルとの会話を盗み聞きされたこととも相俟《あいま》って、その顔には残忍な冷笑が浮かんでいた。

「し、新城センパイ、落ち着いて」

「あら。あなた、私のこと知ってるの。それにセンパイ……あなた一年ね」

「誰にも言いませんから。だから助け……」

「ダメよ。観念なさい！」

仁亜子に取り押さえられる。

互いの呼気が触れ合うほど間近で顔を見合わせる。

「あなた……」仁亜子は眼をくわっと見開いた。「生徒会の……最近入った、子よね」

「せ、仙堂……帯刀、です」

「なんて格好を……あなたは、なんて、か、かっこう……かっこう……そ、そんな趣味を持っていたの!?」

「違います。これには深い訳が！」

「深い訳、じゃなくて、深い趣味の間違いでしょ」

「話を聞いてくださいっ」

「あなたにいったいどんな深い訳があるっていう……」言いかけて、ハッとする。

「……そうか、そういうこと。その破廉恥《はれんち》で淫ら極まりない格好を見せて、今度の学校見学の時、無垢な中学生たちに色仕掛けしようとしてるのね！」

「なんでそうなるんですか。だいたい俺は男ですよ!?」

「そんな格好して男もなにもないでしょ」

「そ、それは、そう、なんですが……」

「でなければどうしてそんな格好をしているの。やっぱり深い趣味なの!?」

「せ、センパイこそ、生物室でなにをしてるんですか。特別教室ってカギがかかっているはずじゃないんですか。勝手に入ったんですか。それって大問題ですよ」

「私はいいの。だって生物部員だもの」

「じゃあここでこんな乱暴なことしたら他の部員とか顧問の先生に見つかるかもしれませんよね。ど、どうですか、センパイ。ここはお互いのために手打ちということで」

「残念だったわね。生物部って私ひとりだけなの。顧問はやる気がないし。……だからここには誰もこない。根掘り葉掘りたっぷりと聞かせてもらうから覚悟するのね」

仁亜子はどこに所持していたわからないが、手錠を取りだす。そして帯刀を立たせれば、両腕を旧式暖房器具の鉄管につないだ。帯刀はちょうど万歳をする格好で固定されてしまう。

仁亜子は「ちょっとそこで待っていなさい」と言い置くと、どこかへ去っていった。

(どうしよう。こんな失態を知られたら、総長に合わせる顔が本当になくなる!)

だが、どれだけ藻掻こうが、足掻こうが、手錠ははずれてくれない。

「……待たせたわね」

仁亜子は婦警の格好で、帯刀の前に現れた。太腿の半ばが丸見えの紺色のスカートに、上衣は白い清潔感のあるワイシャツにネクタイ、頭には制帽。足には飴色のストッキングで踵《かかと》の高い黒ヒールという完全武装。

「せ、センパイ……」

「ふふん。どう、婦警さんよ。一度したかったのよね、バリバリの取り調べ。その第一号が生徒会の人間だなんて天は私に味方した」

「センパイ、ぜんぶ誤解……」

「誤解かどうかは私が決めるわ」

「もっと冷静に話し合いましょう。み、民主国家ですから……」

「ダメよ。よりにもよって生徒会の人間に私とメリーちゃんの関係を知られたからにはそのままおとなしく帰らせるわけにはいかないもの」

仁亜子は青い瞳を宝石のように燦《きら》めかせながら携帯を取りだし、撮影しはじめた。

「なにしてるんですかっ」

「笑いなさい。写真撮ってるんだから」

「笑える状況じゃないでしょ！」

「念のためよ。もし逃げだしたり、嘘をついたりしたらこれを流すわ」

携帯をしまい、つかつかと歩み寄る。

「なにを企んでいるのか答えなさい」

「だから本当になんでもありません。それにもし仮になにかを考えていたとしても、それを教えることなんてできないです。俺は生徒会の人間ですから」

仁亜子はやや怯んだ。

「ちょ、ちょっと。あまり力みながらしゃべるんじゃないわよ、怖いじゃないの。いろいろ鋭くなって。……いいわ、こちらを恫喝するなんてなかなかやるじゃない。ならこっちにだってそれ相応のやり方ってもんがあるわ」

おもむろに仁亜子の手が、帯刀の体を撫であげてきた。

「うぅ」

「動かないの。今は身体検査の途中よ」

と、レオタードの胸もとに手を引っかけられ、ずらされる。

「な、なにをするんですか!?」

「恥ずかしいの。生徒会のヤンキー一味のくせに」ポニーテールを揺すりながら、仁亜子は笑った。「あんたの他には生徒会は女が二人。毎日あの二人の慰み者にでもなってるんじゃないの」

「風紀委員長がそんなこと言っていいんですか!」

少しニュアンスは違うものの、結果的にそうなってしまった(帯刀は、どちらかといえば慰み者にしたほうだが)ことで思わず声に焦りが出てしまう。

「大丈夫よ。だってこれは調査だもの」

仁亜子は手袋をしたかと思うと、乳首を指先で弾いてきた。

「あう!」

「まったく最低ね。こんなことで感じるなんて。変態の証拠よ」

「そんな。今のは誰だって感じますよ」

「不純異性交遊……ううん、もはや生徒会は、パワーハラスメントで強姦を行う異常性欲集団ね。バニーガールで校内を徘徊する異常性癖者まで飼っているなんて」

どうやら仁亜子の頭のなかではすさまじい妄想が花開いているようだった。

「ゲロするなら今のうちよ。今なら、あなたは被害者として見逃してあげる。だから情報を提供しなさい。日々、どんな犯罪行為が行われているか。そして中学生見学の際、生徒会がなにを企んでいるのか」

「そんなことたとえあっても言え……ひゃあ！」

再び乳首をピンポイントで刺激された。手袋のガーゼにも似た滑らかな感触は意外に気持ちいい。

おまけとばかりに乳首を抓《つね》られる。

「あぅッ！」

絶妙な力加減に身震いしてしまう。手錠が擦れて硬質な音をたてた。

「しぶといわね。別にいいけど。どこまで耐えられるか見物だわ」

（うぅう、最悪だよ。バニーガールの格好で手錠をかけられた上に、やらしい声まであげさせられて。情けない、情けなさすぎる！）

仁亜子はじろじろと全身を舐めるように視てくる。

「いくらあの女の命令でも、こんな格好までするなんて、あなたって自分がないの。命令されればなんでも言うこと聞くわけ。これだから体育会系はイヤなのよ。自分が認めた相手の言うことしか聞かない？　バカも休み休み言えっていうのよ」

「新城センパイはどうしてそんなに総長のことを眼の仇に……」

「決まってるでしょ。生徒会が族で、伊吹がその頭をしてるからよ」

仁亜子は交通警官が使うような指し棒を取りだしたかと思うと、それで股間をつついてきた。

「ちょ、な、なにするんですか……やめてくださいっ」

「黙りなさい。あなたが喋っていいのはこちらの質問にだけよ」

指し棒は適確に亀頭をグリグリしてきた。

「あううぅ！　せ、センパイ。マジでやめてください。どうして……そんなところばっかり刺激……はうわっ！」

帯刀は指し棒で刺激されて気持ちよくなりそうな自分が惨めだった。しかし敏感な体はこんな屈辱的な格好にもかかわらず肉悦を感じてしまうのだ。

「言いなさい。こんな惨めなことから抜けだしたかったら」

「だからなにもしません！」

「まだそんなことを言うの」

指し棒にかかっていた負荷は弱まったが、今度は蟻の門渡りへと向けてつつっとなぞられる。

ささやかな刺激にもかかわらず、股間はあくまで欲望に忠実だ。ムクムクとどんどん膨張してしまう。

薄着な格好なだけにそこだけがやたらと目立った。

「こんなことで膨らませるなんてまったくヘンタイね！」

「だってこれはセンパイが弄くるから……」

「こんなことで膨らませるあなたに問題があるの。仙堂くん。あなたにまだ、人間としてのプライドというものが残されているなら言いなさい」

仁亜子は瞳に嗜虐的な煌めきを浮かべる。色白の肌がほんのりと紅潮していた。

「だから本当になんでも……あうぅ！　うぐっ！　ダメだから……センパイ、そんな……ひいッ、お、おねがいします。そんなにいじくらないでください。そんなたくさんグリグリされたら……はああん！」

案の定、先走りがにじみ、股間の部分を黒く濡らしてしまう。

レオタードは蛍光ピンクなだけにその濡れ染みは遠目からでもくっきりだ。

「じゃあ観念しなさい」

「だから」

仁亜子はムッとしながら、容赦なく逸物を刺激してきた。

（だ、ダメだ。きちゃう……き、きちゃう……くるう！）

快感のボルテージが限界を迎えてしまう。

「でるうぅッ！」

体を捻った瞬間、股間が炸裂した。ヌルヌルしたぬかるみが、股間へと満ちてしまう。

「ううう。き、気持ち悪い。……センパイ、もうこれで勘弁してください」

「ふん、勝手に気持ちよくなったくせになに言ってるの」

「だってこれはセンパイが！」

「あなたが我慢すればよかったでしょ」

「そんな無茶な！」

「まだまだこんなものではすまないわよ」

仁亜子はハサミを取りだし、レオタードの下腹部に裂け目を刻んだ。

棹全体に精液をこびりつかせたペニスが解放される。

海綿体は青筋を浮かべ、少しも衰える気配がなかった。

「本当に惨めで情けない」その様子をバッチリと写メに収める。「ん……手にあなたの汚いものがくっついちゃったじゃない。どうしてくれるのっ」

手袋についた精液。仁亜子はまるでへんてこな虫を警戒するみたいに鼻を寄せた。

「なにこれ。す、すごく変な匂いする。こんなのが男のなかから出るの。信じられない」

仁亜子は汗をぬぐい、二重の瞳をしきりに瞬かせた。

仁亜子は全身が茹《ゆ》だつような火照りを覚え、軽い眩暈によろめく。

「センパイ、大丈夫ですか？」

帯刀の精液の匂いを嗅いだ途端、得体の知れない震えに襲われてしまう。青臭さに頭のなかが白く燃えあがった。

「平気よ……別に。んっ、んんっ……なによ。これくらい……別になんともない」

（あ、あそこがムズムズする……）

太腿をすりあわせれば、電流がビリリッと胎内を迸《ほとばし》った。

「ンゥ！　せ、仙堂くん早く言いなさい。さもないともっとひどいことするわよ」

しかし帯刀はどこまでも憎らしいほどに頑なだ。あんな女にどうしてそこまで忠節を尽くすのか理解に苦しむ。正義はこちらにあるはずなのに。

恥をかかせるために露出させた屹立にどうしても視線が吸い寄せられた。

（はしたない。あんな醜悪なものを見るなんて絶対にしてはいけないことなのよ。なのにどうして、目がいっちゃうの。ん、身体が熱い……）

まるで大樹のように太々とした砲身を前にして、勝手に口のなかに唾液が溢れた。

「センパイ、保健室に行ったほうがいいですよ」

「なんでもないわ。これくらい大丈夫よ。あなたに心配される義理なんてないわ」

仁亜子は覚束ない足取りと相俟って、なにかに躓《つまず》いたみたいに転んでしまう。

帯刀の腰にしがみつく格好になった。

顔の横には欲望の肉塊が迫り、強烈なホルモン臭が鼻腔を衝きあげる。ツンとした性臭に柳眉をひそめた。

(臭い……。さっきの白いのよりずっときつい。ああ、でもどうして、身体がどんどん熱くなってたまらなくなっちゃう)

「い、いい加減ゲロしちゃいなさい。そんな強がり、いつまでも保たないわよ。さっさと観念しなさいよ！」

この身体の熱さに近いものを知っている。生理前のどうしようもない切なさだ。

頭が霞み、身体が勝手に動いてしまう。

「あなた、女の子とエッチなことがしたいだけなんでしょう。もしゲロしたら、私とエッチしてもいいのよ」

(私、いったいなに言ってるの!?)

「ほら、もう女性の気持ちよさは知ってるんでしょ。だったら……」

スカートをめくる。白地に青いラインの縞パンツが露わになった。それも下着の船底部分はねっとりと潤っていた。

「なにやってるんですか！」

(ほんとに、私ったらいったいなにやってるの!?)

さらに片手はワイシャツのボタンを一つ一つ、まるで焦らすようにはずしていく。

胸もとをくつろげれば、ショーツと同じ白地に青いラインの入ったハーフカップのブラジャーに保護された乳房が飛びだす。

砲弾を思わせる起伏は仁亜子も秘かに自慢に思うほど。

「私、Hカップもあるのよ。伊吹よりもずっとオッパイが大きいんだから。今なら、このオッパイだって吸わせてあげるわよ。好きな風に使っていいんだからね?」

「センパイ、どうしちゃったんですか!」

(わからないわよ、そんなこと。私だって聞きたい。いったい私はどうしちゃったの。これじゃただの淫乱よ。ふ、風紀委員なのに……)

心の叫びとは裏腹に、仁亜子の瞳はとろんと蕩けた。

帯刀の体へ乳房を擦りつけてしまう。まるでポールダンサーのように身体をのたくらせて。

「ほら。オッパイが私とあなたの体に挟まれてこんなにやらしくひしゃげてる」

言いながら、ピンとそそり立っている勃起を両太股の間に挟みこむ。

「あああぁ! センパイ、足で挟んだらだめです。柔らかいの、ダメえっ」

帯刀が情けなく声をあげた。

(いやだ。汚い。醜くて、気持ち悪いのを足で挟んで……あ、熱い。足にエッチなおつゆが染みてきちゃう。ベトベトおつゆで汚れちゃうのに)

仁亜子は太腿に力を入れると、一層圧迫した。

(擦れてる。私のあそこと、仙堂くんのが擦れて……いやぁ、ジンジンって、う、疼いて……んん、また垂れてきちゃう！)

「まだ、強情を張るの？」

軽く腰を振るった。ショーツのクロッチと密着した肉樹が二重底を擦り、ンンゥッ……と思わず、のけ反ってしまう。

「あっ、ああっ。センパイのすべすべな足が絡みついてきます。ダメ……そんなスリスリされちゃったら、僕、本当に……ぅぅうっ！」

「あなたのもの、ビクビクってしなっちゃってる。これでもまだダメなの。これでもまだ頑固に黙秘を貫くの」

さらに上体を揺らめかす。ワイシャツからすくいだされ、上半球がこぼれでてしまっている柔乳が波うちながら色っぽく吸いついた。

(ビクビクしてるっ。せ、仙堂くんのおち……おちん×ん……びくびく、私の太腿の間でエッチに震えてるっ！)

手錠で拘束した相手を弄ぶことに、全身が粟立つようなゾクゾクしたスリルを感じずにはいられなかった。

「出る！　また出ちゃう……許してください、センパイ、あああ！」

ビュル、ビュルルル！　勃起が激しくビクつき、欲望を吐き散らした。射精時の破廉恥な衝撃が、充血して敏感になっている肉唇へ淫らな波紋を刻んだ。

「んんん、ひ、響くっ。射精するたび、あなたの子種が動いてるのが伝わって……あ、ドクドクって、あなたのがすごく震えて、飛び跳ねて……っ」

尿道を押し通る蠢《うごめ》きに身震いする。

(なにするの。私いったいこれからなにをしちゃうの……ああ、でもすごい。エッチなどぴゅどぴゅってお汁、足にこびりついて、……はあぁぁ。頭がぼうっとする、なにも考えられない。ああ、精液の匂い……たまらない。臭いのに、もっと嗅ぎたいって思っちゃう)

仁亜子は片足をあげると、ショーツを脱ぎ下ろした。

濡れた肉裂が露わになり、愛液がツーッと糸引きながら滴った。

帯刀の視線がそれに吸い寄せられる。

すでに下着の二重布部分は絞れば滴るほど、体液を吸ってぼってりと膨らんだ。

ブラをはずし、ロケットのように突きだした美巨乳を露わにした。

「こうなったら体に聞くしかないわよね。さっきよりもずーっと深いところで」

仁亜子は強く反りかえっている勃起を片手で支えると、肉穴へ密着させた。二度も放出したというのに帯刀の股間はギンギンに硬く、そして指先が溶けるかと思うほど熱い。

「やめてください。本当になにもないんです！」

「どこまで、その強情さが通じるか見物ねえ」

仁亜子は妖艶な流し目を送ると、躊躇いもなく、腰を落とした。

ズブリと逞しい亀頭冠が、ぬかるみのなかへ沈んだ。

「ああああああっ。すごく、ふ、太い……。あなたの逞しいの……食べちゃったわよ。でもまだ……まだいっぱい、呑みこむの。あなたの全部、私のなかに入れてあげる」

さらに腰を深く落とせば、爪先から頭にかけて激痛が駆け抜ける。膣肉も強張り、ギューッとひときわきつく肉刀を圧搾した。

「せ、センパイ、もしかして！」

「そうよ、はじめてよ。あなたは私のはじめてを無理矢理奪ったの。これはもはや……は、犯罪レベル、よね……んぅぅ、痛っ……」

「ど、どうしてそこまで……むぐぐ!?」

ショーツを帯刀の顔面に押しつけ、口へねじこんだ。

胎内でペニスがさらに充血して、太さを増した。

「なによ。こんな状況で、よくも股間を太くできるね。これは尋問なのよ。それをわかっているの、あなたは……ハァウッ、アウゥンッ！」

乳首が小石のように勃起した乳肌をこすりつけ、腰をグラインドさせた。

痛みはまだそこかしこに残っていたが、愛液はひっきりなしに溢れ、やがて痛みは疼きへと変わっていく。

さらに帯刀の体からたちのぼるムッとした男臭さがどうしようもなく、仁亜子の女を刺激する。

「仙堂くんの太いのが私のなかを何度も擦って……はあぁンッ、す、すごい。擦られて、どんどん熱く、燃えてきちゃう。でも、い、いやじゃない。あなたのに、身体が馴染んでいくのがわかる……」

襞が密に折りかさなった胎内で揉み包まれ、勃起肉がびくびく震えていた。

子宮口を押しあげる勢いに頭のなかがかすみ、のけ反る。

「ど、どう、気持ちいい？　私のあそこも、オッパイも……。ふふ、下着食べながらふがふがしちゃって……そんなに私の下着が気に入ったの？」

強く反りかえったペニスに膣襞が削られ、快美の火花が散った。

膣圧が増して、ギュウギュウと陰茎を締めつける。

帯刀は切なそうな顔をして、何度も身をよじった。しかし腰のほうは牡の本能に忠実で、仁亜子の陰唇へ強烈な掘削をしかけてくる。

泡立った愛液が飛び散り、発情を思わせる生々しい匂いをたちのぼらせた。

「ンッ！　ンンッ！　硬いのが、一番奥、いっぱい、ずんずんって叩く。ああンゥッ、オッパイも張って。ふぁっ。あ、あなたが一番奥を刺激するから……私のなかの女が悦んじゃうの。さっきまで処女だったのに……こんなところで散らしていいものじゃないのに、身体が喜んでうれし涙どろどろ流しちゃう」

金髪ポニーテールを振り乱しながら、仁亜子が喘いだ。

張りと柔らかさに富んだ若々しいバストがゴムマリのように弾み、ハーフの美貌を淫蕩に歪めた。

ヌチュ、ズチュ、ズブブ、グチュリッ！

「お、女の弱いところ、仙堂くんの大きいのが逞しく突いて……す、すごい。ガツンガツンって、頭クラクラしちゃう！」

手錠の擦れる金属音に交じって、愛液の散らばる音が溢れた。すでに破瓜血は流されている。

「アゥッンッ！　いいの。いぃ、き、気持ちいい。ぐぢゅぐぢゅにもっといっぱいかき混ぜて……たっぷりと私のなか、たくさん。あん、びくびくって……震えてる、私のなかで、後輩おちん×ん、中出ししたくてたまらないって震えちゃってるのね。私のあそこも、はしたなく仙堂くんのに吸いついて、エッチに動いて……しゃぶる動きがとまらないっ」

勃起が抜かれる時は襞まで引っ張りだされそうになり、キュンと子宮が疼いた。

敏感な乳首を擦りつければ、それが病みつきになってしまう。

「おっぱいも、あそこもどっちもすごく熱い。燃えちゃう……灼けちゃう。あ、アゥッ。き、気持ちいい。あなたと私の身体、相性いいのかもしれないわね」

愛液が洪水のように溢れかえる。

今や、仁亜子はバニーガールにむしゃぶりつく盛りのついた牝狼だ。

腰を自ら押し当て、子宮口を突きあげさせる。積極的に腰をしゃくり、張った剛直を美味しそうに咥えこんだ。

パンパンッ！　パンッ、パンッ！　交わる音と粘液の混ざり合う音が生物室に響く。

「す、すごくビクビク……ヒィイッ……ああ、も、もう出ちゃいそうなのね。わかる。だから絞ってあげるわ。も、もうこれ以上出せないっていうくらいまで、私のなかに出させてあげるからっ」

咲き誇った花びらが収斂し、逞しい逸物を根元から吸いあげた。

すでに二人の足もとには混ざり合った性液で水たまりができている。

「んむーっ！　んむ、んむぅぅー！」

帯刀は切なげな表情をさらした。

「いいのよ。出して。仙堂くん、私のなかにたくさん注ぎ入れなさい。許してあげる。

私の人生で初めての中出し権利をあげるわ！」

「んむうううぅぅ！」

ギュウウ!!

ドビュウル、ビュルルル、ビュブブゥウ！

「ああん！　熱いのくるうっ！　き、きちゃううぅぅ」

子宮口にスペルマが炸裂する。

極彩色の煌めきが飛び散り、全身を深い歓喜が貫いた。

「精液たくさん……ああ、すごい。処女だったあそこにたくさんの子どもの種が出されてるうぅ。き、きもちいい。弾けちゃう。風紀委員なのに、こんな生物室で処女を散らして、はじめてのエッチでいくうっ！　後輩精液でイかされちゃううぅぅ！　ひいい、イクイクッ、イックウウウウウゥゥゥゥ……!!」

仁亜子はのけ反りながら絶頂に達する。めくるめく性悦の渦に巻きこまれ、身も心も飛翔を遂げた。

プチャアッ！　潮が勢いよくしぶいた。

「ひぇっ……あ、あひっ……ひ……ひぃぃぃんっ……」

脱力した仁亜子は帯刀にもたれかかる。

頭が真っ白に燃え尽き、なにも考えられなかった。

帯刀は真っ赤になった手首をさする。

行為が終わったあと、仁亜子が沈鬱《ちんうつ》な面持ちで手錠を解いてくれたのだ。

その当の本人はといえば部屋の隅の方でガックリとうな垂れ、ひざまずいていた。

「センパイ?」

行為の最中とは裏腹に憑《つ》きものが落ちたように憔悴した仁亜子の姿に、戸惑いながらも声をかける。

「ふふふ……ふふっ」

仁亜子は肩を震わせながらいきなり高笑いし、帯刀の手首をつかんだ。

彼女の目は完全に据わっていた。

「仙堂くん、私になにかを飲ませたわね。油断したわ。あなたを拘束したら安全だと思ったけど、あなたはどこかで私になにか、変な薬を仕込んでいたんでしょ。あ、そうか。あの時手袋についた精液……あそこになにかを仕込んでいたのね!」

いきなりテンションのあがった仁亜子に、帯刀は目を白黒させる。

仁亜子は帯刀に言っているというよりも自分に言い聞かせるようにつづけた。

「そうよ、絶対そうよ。そうじゃなかったら私が、あ、あんな淫売な真似をするはずない。私は風紀委員の新城仁亜子なのよ。……仙堂くん、あなたが私をハメたのね、そう、二つの意味でっ」

「なんでそうなるんですか」

「乙女の純潔を奪っておいてヤリ逃げする気」

「そ、そんな、あれはだってセンパイが……」

「元はといえば、あなたが自分の……た、体液に変なものを仕込んだからじゃない」

「なに言ってるんですか。冷静になってください。そんな暇なかったじゃないですか」

「ふふ、言質《げんち》をとったわ。暇があったらできた、というわけね。……それに、逆らおうったって無駄よ」

仁亜子は携帯を突きつけてきた。

「だってここにすべてを記録してあるんだもの。こんなやり方、したくはないけれど、あなたは今日から風紀委員のスパイとなって悪逆生徒会の情報をこちらに流すのよ。いいわね。これは命令よ」

「風紀委員なのに脅迫ですか!?」

「脅迫じゃなくて提案。ただし断ればその報復は当然させてもらう。それだけのこと」

「そ、そんな……」

あまりにも一方的な言い分だが、今の仁亜子はどんなことでもやってのけそうだ。

(今はおとなしく従おう。機会を見つけて、あの写真をどうにかしないと……)

逆襲Hの章　風紀委員をサンドイッチ!?

帯刀は視線をやった。目の前には校庭のゴミを拾う仁亜子。

昼休み。帯刀は仁亜子からメールをもらい、校内清掃を手伝っていた。

「……ここは学校なのよ。どうしてこんなになんでもかんでも捨てるのよ。本当に信じられないわ」仁亜子はぶつくさ言いながらゴミを拾いあげる。「ほら、さぼってないで手を動かしなさい」

仁亜子は空き缶を投げてよこしながら言った。

「センパイ、こういうこと、いつもやってるんですか」

「毎日じゃないけれど、最低でも一週間に一度はね」

「一人で？」

「他の子に号令かけてもいいんだけど、ある程度の人数が来るのを待っている時間が惜しいのよ。それに集まったとしても真面目にやるとは限らないし、さぼってるやつを監視して小言いうくらいなら一人でやったほうがよっぽど効率的でしょ」

「なるほど……」

いろいろ強引なところや思いこみの激しすぎるきらいはあるが、仕事に関しては一切妥協を許さず、真摯に取り組む仁亜子には好感が持てた。

彼女は彼女なりに学院のために一生懸命なのだ。暴走してまわりを置いてきぼりにすることが多い、それだけのことだ。

「それはそうと、どうなの」

「え？」

「別に掃除を手伝わそうと思って仙堂くんを脅してるわけじゃないのはわかってるでしょ。生徒会の動き……知りたいのはそれだけよ」

「動きは。特になにも」

「……本当に？」

「ホントです」

しばらく帯刀のことを睨んだあと、ぷいと顔をそむけてしまう。

「ま、今のあなたに嘘をつくほどの度胸なんてあるわけないか。……じゃあ、掃除はこれでいいわ」

「帰っても?」

「まだよ。次はこれ」

ゴミ袋の次に渡されたのは園芸用の小さなシャベルとビニール袋。

「メリーのエサ取り。ミミズを何匹か入れてくれたらいいから」

「ええええっ……」

「写真」

「……りょ、了解致しました」

帯刀は背筋を伸ばして敬礼する。

「よろしいっ」

仁亜子もおどけた調子で敬礼で返した。

(いっつもしかめ面ばっかり見てた気がするけど、センパイ、あんな顔するんだなぁ)


昼休みが終わり、教室に戻る途中。帯刀は呼ばれて振りかえる。

「おお、玉城」

「お前、うちの長と最近なにかあったのか」

「最近?」声が上擦ってしまう。

(帯刀、落ち着け。玉城が生物室でのことを知ってるわけないんだから)

「い、いや別に。なんでもないけど？」

「でも昼休みの清掃手伝ってたろ」

「なんだよ。見てたくせに知らんぷりかよ。風紀委員だろ。傍観してるくらいだったら手伝えよ。久しぶりだよ、ミミズ見たのは」

玉城はいやあと苦笑いした。

「手伝いたい気持ちはあるんだけども、気まずくて。先輩たちは先輩たちで長が一人でやっているのを見て悪いとは思っているんだけど、長が最初っからこっちには期待してないって決めてかかってるみたいでさ。まあ悪いのは俺たちなんだけど」玉城はハアとタメ息をついた。「でもいくらなんでも当てつけみたいに生徒会に頼むなんて」

「別に頼まれたわけじゃない」

「はあ？　じゃあなにか。ボランティアかよ」

「……せ、生徒会の活動の一環というか」

「仲、悪いのによく会長サンが許したよな。ていうか、うちの長が受け入れたほうが奇跡に近い感じもする」

「どちらかといえばそっちが生徒会を眼の仇にしてるんだろ。こっちは別にそんなのは関係ないよ」

「こっちもこっちで怒ってるのは長だけ、なんだけどな」玉城は苦笑した。

「ま。そっちがやる気あるなら、俺のほうから新城センパイに伝えておくけど」

「頼むよ……って、お前にこんなこと言うのも変な話だけど」

「まったくだ」

帯刀は力なく笑った。


生徒会室へ入ると、眼を吊りあげた蓮子がすぐ目の前まで迫ってきた。

「おい！」

帯刀はドンと胸を突かれて、扉に背中をぶつける。

「な、なにするんだよ……」

「それはこっちのセリフだ。どういうつもりだ。総長を裏切りやがって、この野郎！」

帯刀は蓮子の肩越しに伊吹を見る。

彼女は頬杖をついた格好で、じっと帯刀のことを見据えていた。

「よくあたしたちの前に顔を出せたな。コンの裏切りもんがぁっ！」

蓮子に足払いをかけられた。

「ぐっ！」

横顔を床に擦りつけられる。

「総長。この裏切りモンの処分はあたしに任せてください。総長を裏切ったヤツはもう二度と立ち直れないってくらいぎったんぎったんに……」

「ふ、二人とも、話を聞いて……う、裏切りなんてそんなことないです」

「うっせえ。風紀委員長と仲良く話しやがってよくそんなことが言えるな。あれだけ目立っておいて、まだのうのうとしらばっくれるのか、最低の野郎だな、ええ！」

「……言い分があるなら聞こう」

「ちょっ、総長ぉっ！」

『清咲の紅桜』が部下の話に耳を傾けず、断罪したとあっては心根が狭いと思われるだろうからな。一応、言い訳があるなら聞こう」

伊吹は必死に怒りを押し殺しているような硬い表情で言った。

すべてを話すしかない。今度こそ本当に呆れられ、突き放されるかもしれない。

生徒会を追いだされるだけではすまないかもしれない。

でもすべては帯刀自身の力のなさが招いたことだ。

「じ、実は……」

帯刀はいかにして自分が風紀委員を手伝うことになったか、その経緯を説明する。

「その発情期の犬みたいなチ×ポ出せえ！　切り取ってやんよ！」

怒り狂った蓮子が飛びかかってきた。

「やめろ！」

伊吹の一喝で蓮子は動きをとめた。

「あう」蓮子は涙目になる。「総長ぉ……でも、こいつ、こいつはぁっ！」

「今度ばっかりは、帯刀を責められない。私にも責任がある」

話を聞く前の刺々しさはなりを潜めていた。

「私のくだらん命令がすべての原因だ」

「なんでですか。こんなやつを庇う必要なんてないのにぃっ！」

蓮子は苛立ちと困惑とで床を踏み鳴らした。

「私がそもそもバニーの格好で巡回しろと言ったんだ」

「でもそれは」

蓮子はなにかに気づいたように、いきなりガクッと肩を落としてしまう。

「私がコイツとエッチしちゃったからですよね。だから……」

「いや、蓮子のことは関係ない。要は、私がつまらん感情に……」

チラ。どこか物憂げな視線をとばされる。

（総長……？）

こんな時だというのに、帯刀の胸は期待に膨らんでしまう。

もしかしてもしかするとまさかそのまさかなのか。

総長は俺のことを――。

「それはそうと！」

伊吹は咳払いをして、あからさまに話を変えた。

「い、いくら風紀委員が生徒会憎しといえどもウチの人間を拘束した上で犯すなんてそんなプレイ……いや、拷問をさせられては黙ってはいられない」

「総長の言うとおり。今すぐ風紀委員の連中のところへカチコミに……」

「いや、そんなのじゃ腹の虫が収まらない。第一、相手は言っても非力な女子生徒ひとり。それを相手に私たちが腕力にものを言わせて解決するなんて大人げない」

伊吹は帯刀を見やった。

「一つ帯刀には囮《おとり》になってもらおうか。ウサギを横取りした野蛮な狼退治だ。私がトラバサミとなって、悪い狼を責め尽くしてやる」


「……仙堂くん、本当にここでいいの」

仁亜子が声を潜めて言った。

帯刀たちは今、生徒会室に忍びこんでいた。

「そのはずです。作戦会議で荷物を取りに行くように言われましたから」

「……荷物なんて、来年度入学するかもしれない新入生たちになにを見せようって魂胆なのよ」

「さあ、それは……」

仁亜子が訝《いぶか》しみの一瞥を向けると帯刀は愛想笑いをのぞかせる。

「まあいいわ」

仁亜子は身を屈めながら生徒会室に入る。

なかには誰もいない。一瞬、罠にはまってしまったかと身構えるが、まさかあれだけ破廉恥な写真を人質にされてもなお、帯刀が裏切るはずはない。

もし仮に帯刀が仁亜子とのことを伊吹に話したとしても、女相手に拘束されて情けない姿をさらしたことを彼女が許すはずもないのだ。尻の一つも蹴られて生徒会の籍をなくすのがオチだ。

(仙堂くんには生徒会を潰すためとはいえ、スパイなんて汚い役を演じさせてしまったわけだし、すべてがすんだら生徒会長の座でも用意してあげようかしら。もちろん、私の理想を校内の隅々に行き渡らせるための傀儡《かいらい》だけどね)

仁亜子は事態が描いたとおりに滞りなく進んでいることが嬉しくてしょうがない。

(そうよ、すべての駒は今、私の手のなかに……)

「なんだニヤニヤして、そんなに面白いことがあるのか」

「!?」

背後からのっそりと現れた伊吹に仁亜子は驚いて後退った。

入り口は、伊吹に完全に抑えられてしまっている。

「どうせ、私たちを手玉にとった気にでもなってたんだろうな」

「仙堂くん、あなた、私を裏切ったのね！」

帯刀を睨みつけ、すぐに視線を伊吹へ向ける。

「私をどうする気よっ」

「うちの人間をさんざんこきつかった悪い風紀委員に灸をすえる」

「あ、あなたたちからなにかをされるいわれはないわ」

「そっちになくともこちらにはある」

「ちょ、ちょっと待ちなさいよ、落ち着きなさいよ。あの暴走娘はどこ!?」

「レンコンなら今ごろ体育館で新入生相手に演説中だ。ちなみに事前に学校紹介のVTRはつくっておいたからな。私たちがいなくともなんとかなる。本当は直に中学生たちと会いたかったのだが、まあそれは仕方がない」

「私になにかしようとしても無駄よ。私には、仙堂くんのあられもない写真があるのよ。私になにかしたら、今すぐ登録してる携帯アドレスぜんぶに添付メールで送ってやるわよ!?」

「なんだ、そんなにたくさん友達がいるのか」

「バカにすんじゃないわよ！」

「携帯見てみろよ」伊吹は微笑みながら顎をしゃくった。

仁亜子は伊吹の笑みの理由を訝しんだが、言われたとおりにしてみる。

「え……っ」

絶句する。それは仁亜子の携帯ではなかった。いや、仁亜子と同じ型なのだが、仁亜子のではない。データが真っさらだった。

「お前の携帯はこっちだ。帯刀に言って、こっそりと取り替えさせたんだ」

「ど、泥棒の手口じゃない」

「返してやる。ただしお前がお仕置きを受けるならばだ」

「脅す気なの。姐の道はどこへいったのよ」

「最初に手を出したのはどっちだ」空気の凍るような絶対零度の冷たい声。「もしお仕置きを拒絶するなら、来年度からの風紀委員関係の予算をカットする。今まで、お前が公然と生徒会に牙を剝いても減額措置はとったことがなく、むしろ、道理が通っていれば予算の増額も認めた。わかるか、にゃんこ。私は正しいと思ったことへはたとえそれが私への批判でも受けとめてきた。でも今回はやりすぎだ」

「うぐ……」仁亜子の心は縮みあがった。伊吹は本気で怒っている。「……わ、わかった。言われた通りにすればいいんでしょ」

「よし。じゃあ、このなかに入ってる衣裳に着替えろ」

投げて寄越されたバッグの中身をおそるおそる眺め、ぎょっとした。

「こ、これを着るの……」

「そうだ」

仁亜子は帯刀のことを一瞥し、下唇を嚙み締め渋々ながら制服を脱ぎはじめる。着替える予定の衣裳は水着だった。

それも布面積が極端に少なく、ヒモは頼りないほどに細い、過激仕様のビキニ。

「別にそれを着て外に飛びだせとは言わない。すべてはここのなかでの出来事だ」

「そんなのは当たり前よっ」

仁亜子は恥ずかしさと必死に戦いながら水着を装着する。

胸が何度もカップからこぼれそうになる。水着のヒモは容赦なく乳肉に食いこみ、豊かなHカップを卑猥に絞られてしまう。

それでもどうにかこうにかカップのなかへおさめたが、少しでも動けば布部分がずれ、なにもかもこぼれてしまいそうでひどく不安定だ。

「こ、これ……なによ。どこにつけるの」

さらにアクセサリーと言われ渡されたのは、三つの丸いウズラの卵型のプラスチック。

「二つは乳首の上に。もう一つは、クリトリスの上だ」

「ちょっと、なによそれ……」

「恥ずかしがらなくてもいいだろ。処女じゃあるまいし」

伊吹は携帯を示す。着替え姿が撮影されていたようだ。布片を調節する際、腕で押さえたウシ乳がパン生地のように変形している姿は自分の身体ながらいやらしい。

（うぅ。変な感触、冷たくて……声がもれちゃいそう）

歯を食い縛って言われた通りの三点へ貼りつける。

冷たさに感化されてプックリと乳首が膨らんでしまう。

（ふ、風紀委員の私がこんな目に合うなんて）

あまりの恥辱に身体がわなわなと震えた。

「このオモチャはなんなのよ。こんなものを使ってなにしようっていうの」

伊吹は小さなリモコンを操作した。

「ひゃあッ⁉」

あまりにも唐突に全身を貫く快感電流に足をばたつかせてしまう。

乳首やクリトリスに貼りつけられたピンク色のオモチャが、ブウウウウンと鈍い音をたてて震えだしたのだ。

「ローターってやつだ。このリモコンで遠隔操作できる」

「総長、もうセンパイを許してあげてください。さ、さすがにこれはやりすぎじゃ」

「ダメだ。私の……いや、うちの大事な人間を拘束して犯した凶悪なケダモノだからな。二度とこんなことをしないようにタップリとお灸をすえる」

携帯カメラを突きつけられる。

「にゃんこ。大丈夫。お灸をすえたら写真は全部返してやる」

「き、きっとよ」仁亜子はポニーテールを揺すり、仔ライオンのように声をあげた。

「じゃあお向けになってもらおうか」

言われた通りにする。大きな涙の粒を思わせる乳房が重力に流れた。

伊吹はスカートに手をかけ、フックをはずして脱ぎ落とせば露わになったのは下着ではない。そこには男根を擬したものがにょっきりと生えていた。全長二十センチ近い異物には無数の突起物が配置され、まるで金棒だ。

「ペニスバンドだ。けしからん風紀委員の心根を更生させる最終兵器」

伊吹は舌なめずりすると、仁亜子の両足の間に無理やり身体をねじこんでくる。

帯刀は仁亜子の両手首をグッと押さえこんできた。

「ちょっと、仙堂くん！」

「センパイ、ごめんなさい」

「さあ、いくぞ」

黒々とした模造ペニスを恥裂へ押し当てられる。

「ひゃん、つ、冷たい。な、なに、これ、なにか塗ってるの」

「痛くないようにローションをまぶしてある。だから安心しろ」

「な、なにが、安心なの……はうぅッ！」

粘膜をこじ開けるようにねじこまれる。

ヌヂュ、ブヂィ、ズブリッ！　柔肉をかきわけ、ひんやりした淫棒が深々と貫く。

感電したような甘痺が迸り、仁亜子は火照った襞をくつろげる快美に目を細めた。

「はあっ……ああっ……、オモチャが、私のなかにぃ……あああンッ！」

子宮口を突きあげる黒々とした疑似ペニス。偽物にもかかわらず逞しいものに貫かれて慄然とし、身体を反りかえらせる。

「にゃんこのオッパイは本当に大きいな」

「う、うるさい……別にどうでもいいでしょ……はあん！」

伊吹は頬を紅潮させながら腰を強く捻る。

伊吹に乳肉をわしづかまれ、肌がカアッと灼けつく。

「だめ。仙堂くん、み、見ないで！」

まがりなりにもはじめての相手に、女性同士での行為に反応してしまう身体を見せたくなかった。

「ムッ。帯刀は生徒会の人間だ」

伊吹が腰を引けば、肉ビラが楚々とした割れ目から引っ張りだされてしまう。無数の突起が粘膜に食いこみ、快感電流が弾ける。

「んうう！　伊吹、お願い。こんな変なのを食いこませないで。オモチャで、なんか、き、気持ち悪いだけよっ」

オモチャなんかに狂わされることに対する懇願が口を衝いてしまう。

「だめだ」

人工物に串刺しにされた膣粘膜が早くも疼きはじめ、ぽってりと充血具合を強くする。伊吹が腰を突きだせば、子宮口を押しあげられ、官能の炎が撒き散らされた。

「ひゃああん！」

伊吹もまた頬を紅潮させながら、快感に浮かされたみたいに瞳を潤ませる。

「……このペニスバンドって反対側にも突起があって、それが私のなかに入ってるんだ。にゃんこが気持ちよくなると、私も同じように気持ちよくなれる」

伊吹は腰を巧みにうねらせてくる。

無数の突起が蕩けてきている膣肉を容赦なく穿ち、最奥を突きあげた。そのたびに脳内に閃きが瞬き、ジリジリと粘膜が灼けつく。

「ああんッ！　変態なやり方なのに感じちゃう……あ、ああんッ……どうして伊吹、女なのに、こんなにうまいのよ。はぁぁうンッ！」

何度も最奥を射抜かれるたびに、膣内はキュンと収縮し、疑似肉棒をギュウギュウと食い締めた。身体がどうしようもなく火照り、白い柔肌は瞬く間に汗ばんだ。

愛液が蜜口から滲む。必死に感じまいとする理性を無視し、仁亜子の腰はくなくなと物欲しげに揺れてきてしまう。

「にゃんこ、お前も感じてきたみたいじゃないか」

「こ、これは……あぁンッ……ち、違うわよ、これ、ち、違うのっ！」

「帯刀」

「はいっ」

「股間、ふくらんでるな。昂奮したのか」

「い、いえ……」

「いいぞ。お前のをにゃんこの口のなかにねじこんでやれ」

「ですがっ」

「総長命令だ！」

帯刀は気まずそうな顔をしながら、パンパンに膨らんだ怒張を取りだした。

仁亜子の処女を奪った醜悪な肉塊は青筋を浮かべながらビクビクと震える。

「ごめんなさい、センパイ」

「仙堂く――むンゥ!?」

大木のような勃起肉を突きこまれた。むせかえり、押しだそうとするが、グイグイと喉もとにやってくる逸物に眩暈が生まれる。

濃厚なホルモン臭に身体が汚染され、戦慄が走った。

(この感覚……生物室の時と、お、同じだわ)

咽《むせ》ぶほどひどい匂いのはずなのに、脊髄がジーンと痺れてしまう。

(くさいのに身体が動かなくなって……ダメ。おいしいっておもっちゃう。私、こんな乱暴な状態で犯されてるのに、どんどん気持ちよくなるのがとまらないのっ)

風紀委員としてのプライドが二度までもこけにされたというのに、小鼻がひくつき、パンパンに膨らんだ亀頭冠へ舌を絡めずにはいられなかった。咽ぶような濃密な匂い、頭のなかに白い靄《もや》がたちこめてしまう。

「んちゅ、チュパッ……ンフゥッ……ウウムッ！」

「すごいな。処女を奪われると、あのにゃんこも立派な女だな。ははは。帯刀のをそんなに美味しそうに舐めるなんてビックリだ」

「そ、そんなことないぃ……チュルル、ングッ……ヂュポッ、にゅぷ……ら、らって、こうしないと、携帯返して、も、もらえないから……ヂュルルルッ！」

伊吹の前ではしたない姿をさらすわけにはいかないはずなのに、太いペニスが美味しく感じられて仕方がなかった。

「強がらなくても大丈夫。にゃんこ。目がとろんとなって、すっごくエッチだぞ」

ズンッ。根元まで一気に押しこまれる。ヒリついた子宮口を小突かれ、愛液がビチャッと膣内で爆ぜた。

「はあん！　も、もっと優しく突いてえ」

「ふふ、まだこれくらいじゃ終わらない」

伊吹がリモコンのスイッチを押す。

ブウゥゥゥゥゥン！

油断していたところへ敏感な部位への刺激に、身体がビクッと跳ねた。

「ら、らめえっ……そこ、らめえなのッ。ひいい、ひいいい！　び、敏感な場所、刺激されたら、あひいンンンッ！」

耳を打つ振動音とともに、血が沸くような肉悦が身体のあちこちで爆発する。腰もすり寄り、オモチャで刺し貫かれていることも忘れ、本当に異性とまぐわうような錯覚に陥った。

「お、おねがいぃ、とめてえ。お豆、取れちゃう！　こんなにブルブル強いと、お豆、ひいいい、ち、千切れちゃうッ！」

一段高く持ちあがった腰が、助けを求めて空を掻く。愛液が内腿を伝い、いやらしくヌラヌラした輝きを放った。

「逃がさない」

伊吹に細腰をつかまれて、最奥を力強く突きあげられる。敏感な粘膜が削られ、伊吹の腰にまわした両足に力が入った。

「あああ！　センパイの震えが、口のなかにまで伝わってくるう！」

「んちゅぅ……んちゅ、ちゅぱ、えろ、んふ、ぬぷ、ちゅぴぃ、くぱぁっ……だってしょうがないじゃない。こんなにビリビリきたらぁ……ひい、ひいいぃぃ！」

両足がピーンと突っ張った。愛液が泡立ち噴きだし、びくびくと肉芯が戦慄く。口唇が、蜜壺を攪拌されればされるほどより濃厚に絡みついた。

「んぢゅうう、じゅるッ……レロッ、レロレロッ！　んぐ……むぐう……チュパッ、べろ、ぐううっ……んふ、んぐふっ！」

口のまわりを唾液でベトベトにしながらも頬をへこませ、極太肉へと吸いついた。

（ああ。仙堂くんの味が口のなかいっぱいにひろがってる。どうして生臭い肉の味がいいって思っちゃうんだろう。こんなにエッチな……や、ヤリマンみたいな変態の考え方……私しちゃうの。こんなこと考えていいわけないのに……風紀を乱すようなことをしちゃってるのに！）

「センパイ、そんな……激しくしゃぶりつかれたら……はああ、ダメだ。出るう！」

帯刀は強烈なバキュームにあっさりと白旗をあげた。

喉奥で精液が爆発する。こってりとした濃厚ジェルがなだれこみ、仁亜子は目を細め、美味しそうに嚥下した。

「んぐぅ……んく……むぐ……んちゅ……ごくっ、ごくごくっ！」

頬をへこませ、飲精する。拒絶感はない。まるで搾りたてのミルクを飲んでいるように胸のなかが温かくなってしまう。

（生臭くて、ドロドロ精液、たくさんだされて。……ああ、変態よ。お口で受けとめて、吐きださないで飲んでる……美味しいって思ってるなんてっ……）

だが脈打つ男幹はまだ逞しいまま、仁亜子の口を塞ぎつづけている。

男性特有のケモノのような匂いに、子宮が張りつめてきた。汗みずくになりながら、仁亜子は悩ましく柳眉をたわめた。ごくりと生唾をのむ。

（もっと欲しい。ドロドロの飲ませて……もっといっぱい……男の精液、仙堂くんの濃厚おつゆ、のみたいの！）

ほとんど無意識のうちに舌を、ペニスへ絡みつかせた。尿道口を集中的に刺激して、精液の催促をしてしまう。

「センパイ、ダメぇっ。出したばかりなのに、そんなにしゃぶりつかないでください……ああっ」

帯刀は女の子みたいに恥じらって腰を引こうとする。

だが精液の虜《とりこ》になった仁亜子は逃がしはしないと、一気に根元まで咥えこむ。

「んちゅ、だめぇ。精液もっと……仙堂くん、ちゅる、んぐっ……むぐっ……ズズズッ……ちょ、ちょうらぁい」

歯を立てないように万全の注意を払い、帯刀のペニスを口内で転がす。放出後も変わらない硬さにはしたなく玉肉が濡れた。

「ね、根元まで咥えちゃ……ああっ、センパイの口、熱いっ」

「私だって乳首とクリトリスなんて場所、一緒に刺激されて、死にそうなの。それに、仙堂くんの精液も美味しすぎて。だから……もう気持ちよすぎて、狂っちゃいそうなのよう……あ、アアンッ、つらいのう……ングゥ!?」

帯刀は突然、仁亜子の顔をガッシリとつかんだかと思うと、荒々しく腰を突きだしてきた。

「センパイが……アアッ……センパイが悪いんですよ。そんなにいやらしい顔で誘うから。だからもう我慢できないっ」

汗をかいた男臭さが喉奥を何度も穿ち、それでも足らないとばかりに、スリコギのように喉奥をゴリゴリと抉られてしまう。

「や、やめぇ、……むぐう……せ、せんどっ……仙堂くぅん……こ、こんな……ング……苦しいの、らめ……ひ、ひんぐっ……ふ、深く入れすぎぃ！　こんなのしたら死んじゃう、死ぬう……ヂュウッ……ヂュルルルッ……はやく……んふ、グゥ……抜いて。じゃないと、おかしくなるう。頭のなかが変態におかされちゃう！」

張りでたカリが口内を削り、往復する。

先走りの苦みが味蕾へと擦りこまれ、男精ホルモンに酔っぱらってしまいそう。

飲みこんだ精液がお腹のなかで燃えあがって、目の前で火花が弾けた。

「ごめんなさい、センパイ。ごめんなさい。でも腰がとまらないんだ。ああ、気持ちいい。センパイの口のなか、温かくて気持ちいいよ。俺のに吸いついて、チュパチュパって、やらしい音がしてる」

帯刀はナイフのように鋭い顔つきを、だらしなくしながら喘いだ。

「ムグッ……ウウゥゥンッ……ング、グポッ、ングウゥッ、ムフウウゥッ!?」

ジュブ、ニュプ、グジュ、ズププッ！

勇ましい男の突きこみはまるで、仁亜子のはじめてを奪った時とほとんど変わらなかった。だがまるでラビアのように乱暴に扱われているにもかかわらず、仁亜子は感じ入ってしまう。苦しさや戸惑いを覚えながら、喉を突かれるたび、上の口も下の口もどちらも窄まり、締めつけをきつくした。

（ま、まるで、頭のなかまでグチャグチャにかき混ぜられてるみたい。生徒会のことも風紀委員のことも、伊吹のことも、全部ぜんぶ、忘れさせせられちゃう。仙堂くんの逞しいのが、今の私をすべて壊しちゃう！）

フェラチオを強いられながら、ひいひい喘いで呼吸をする。

涎が泡立ちながら唇から滴り、下あごを伝った。

ガツンガツンと強く喉奥を突かれるたび、えずきと共に淫熱が脳内を侵す。

と、同時に仁亜子は乱暴に突貫をしかけてくる帯刀の肉棒を、全力で悦ばせてあげたい気持ちにかられてしまう。

（子宮がキュンキュンしちゃう。愛しいおちん×ん、もっとお口のなかで感じて欲しい）

求められれば応じずにはいられない奉仕の精神が膨らみ、実際、狂おしい想いに取り憑かれながらも唇をすぼめて、深く味わってしまう。

「なんだ、にゃんこ。すっかり帯刀のモノに夢中だな。でもダメだぞ。それはうちのだ。帯刀は誰にも渡さんっ」

「いやあ、精液……わたしのぉ……仙堂くんのドロドロの、わ、私の……。伊吹にはあげない。私だけのドロドロだもん！」

仁亜子は舌っ足らずに口走った。

「にゃんこが精液でこんなに変わるなんてな。驚きだ」

伊吹はなおも激しく仁亜子の柔襞を蹂躙した。いくつもの突起によって愛液が掻き

だされるたび、ますます膣粘膜は研ぎ澄まされ敏感になっていく。

「伊吹、お、お願い。口と一緒に犯さないで。両方からされて、ち、乳首も、ひ、ひいい、クリトリスもジンジンって熱くなって弾けそう。身体が蕩けちゃう。ほ、本当にとろけてえ……どうにかっちゃいそうなの。風紀委員でいられなくなる。変態すぎるのに、気持ちよすぎるってわかっちゃうからあぁぁぁぁっ！」

口唇と淫穴の両方を責め抜かれ、まるで一本の逞しいペニスに串刺しにされているようだ。

今まで理性が淀んだことなど一度もない。まわりがどれだけ道を踏みはずしたとしても自分だけは最後まで踏みとどまろうと決意し、実際踏みとどまってきた。高潔を旨に生きてきた。しかし今の仁亜子は破滅の道へまっしぐらだ。すべては帯刀の精液を嗅いだ瞬間に劇的に変わった。頭のなかは霞がかかって訳がわからなくなり、気づけば、帯刀の体に半ばまたがっていたのだ。

女になった肉体が開花するのは速く、挿入されるだけでたちまち淫蜜で濡れそぼる。そして同性に秘所を掘削されてひいひいと恥ずかし気もなく泣いてしまっている。

「許さないっていったたろ。これはなにもにゃんこを気持ちよくさせるためにやってるんじゃない。これはバツだ。泥棒狼に対する、な」

伊吹は情け容赦なく、蜜壺を攪拌してきた。彼女も仁亜子と快感を共有しているせいか、切れ長の瞳はとろんと蕩けていた。

「ひい、ああ……伊吹、私も、もう……きそう……くるうッ！」

仁亜子は青い瞳をいやらしく燦めかせながら上りつめる。

そこかしこから噴きだす悦楽の炸裂に身を捩った。

「だめえ、イクッ……イクイクッ……イックウウゥゥゥ……伊吹にぃ、責められて……あああぁ、イクウッ！」

「ううう！　せ、センパイの口、ああ……きつく……し、しまった……ああ、歯を立てないで……アウゥッ！」

「だめえ、出る……ああぁ、あそこ熱くなって……漏らすう。漏らしちゃうぅ！」

プシャアア！　仁亜子ははしたなく潮を噴きだささせた。

しかし伊吹の抽送は収まるところを知らない。

絶頂をとげて敏感になった粘膜が摩擦に曝され、白目を剝いてしまう。

「ヒイ！　ヒィアッ！　い、伊吹……や、休ませてぇ……と、とめれえ。び、敏感だから。イったばっかり……イってる最中だからぁ……ひああ、び、エッチなのぉ、ぐ、ぐちゃぐちゃだからぁ……ひ、ひぃいぃっ……お願い……休ませて……おねらいだからぁ……も、もう感じるのぉ、い、いやらぁっ～……！」

「ダメだ、ダメ。オラオラァッ」伊吹はさらにかさにかかって責め立てる。「まだ私たちはぜんぜん満足してない。帯刀、もっとにゃんこを気持ちよくさせたいよな」

「は、はいっ！」

帯刀はこめかみに血管を浮かびあがらせながら、仁亜子の口腔をかき混ぜる。

「ち、窒息しちゃう。イキながら、おしゃぶりやめられない。たすけてぇ。死んじゃいそうなのに、ペロペロとめりゃれにゃいぃ！」

息も絶えだえになりながらも、仁亜子は精液の混ざった先走りを垂らす生殖器を無意識のうちに味わってしまう。

「すごい。痙攣がペニスバンドごしに伝わってくる」

仁亜子の陰唇を貫通する黒々としたペニスバンドは本気汁にまみれ、きらきらと淫靡に輝いていた。

「や、休ませて。死ぬの、こんなの何度も、や、やられてたらぁ……ヒィイッ……またすぐ、こんなにいっぱい口とおま×こ、ホジホジされつづけたら、またすぐイっちゃうから。頭がおかしく……た、たっし……達しちゃう……んふうううぅッ！」

口を勃起の直径にこじ開けられた状態で、感涙にむせびながら身体を捩る。

ギュウウ。小さなオーガズムの波濤が脳裏で崩れ、ラビアが緊縮した。

ピュッ、とさきほどの潮の残滓が搾りだされる。

「にゃんこ……また、イったのか。どれだけ敏感なんだ」

伊吹もさすがにつらそうに眼を眇める。

彼女の乳房を覆っているサラシは汗を吸って黒く変色していた。

「帯刀！」

伊吹はつらそうに息を喘がせ、サラシを乱暴にほどいた。片乳がぽろりとまろびでた。サラシが雪肌に絡みつき、乳房が括《くび》りだされる。真っ白な雪肌と、頂きで硬くなった鮮やかな乳暈のコントラストが、帯刀を眩惑した。

「吸え、乳首がさっきからサラシとこすれてジンジンして、たまらないんだ。お前が癒せ……私のを咥えてくれ」

（い、伊吹……そんな声出すの……？）

本人が意識しているかどうかは知らないが、男への媚びが混ざっていた。

帯刀は仁亜子の口腔をなおもペニスで塞ぎながら、ぐっと上体を迫りだし、差しだされた乳房を甘く噛んだ。

「そ、そうだ……アアアンッ、帯刀、イィぞっ。お前の口、熱くて……アアアッ、噛み方も……ンゥッ、最高だ。お前に吸いつかれて……た、たまらないぞっ」

陶酔の表情をのぞかせた伊吹はグッと腰を押しだす。

仁亜子は顔をひきつらせた。そして、伊吹に甘える帯刀の姿に胸が疼いた。

夢中にならないで欲しいと思ってしまう。

(私だけで感じて。仙堂くん、お願い。私だけのためにおちん×ん硬くして)

気づけば、唇を狭め、ジュルルルルルと力強く吸いつき、気を引こうとしていた。

「帯刀、あああ、そんな、急に強く嚙むな……ああ、でも、か、感じるッ」

「ああ、センパイ、俺の、そんなにきつく咥えないでぇ」

「んぢゅぅ、ヂュルル、だ、出しなさいよ、仙堂くん。私の口のなかで、い、イきなさいよっ」

大きなオーガズムの爆発が押し寄せる気配に眼が眩んだ。

「帯刀。私も、もう……！」

伊吹が小鼻を膨らませ、切なげに泣き咽ぶ。

ズブ、ジュブ、ヌチュウッ！

「あああ、いやあ、い、伊吹ぃ、ひいいい。また、くるっ……ンチュ、チユゥッ！　きちゃう、イクッ……またイクウッ……ヒイイ、だめえ、死ぬ、しぬう……精液ちょうらい、たくさん、のませてえ……ヂュルルウゥ！」

激しい喉奥へのピストンに呼吸を狭めながら貪った。

「私も、イクぞ。帯刀、乳首いっぱい嚙め。ンッ、ンン、ああ、いい、のぼるう、あっ、あひいっ……の、のぼりつめるううぅぅ!!」

仁亜子と伊吹が同時に気をやった瞬間、仁亜子の口腔内で一拍遅れてドビュ、ドビユルと白いマグマが爆ぜた。

「せーえきぃ、せーえき、でてりゅううぅぅぅぅ……！」

二度目にもかかわらず何度喉を鳴らしても飲みきれず、たちまち口から溢れてしまう。

（もったいない。おいしい精液、だしてくれたのに、モッタイナイ！）

「仙堂くんの精液ぃ……ん、んふぅ。お、お腹熱い。でも幸せ。風紀委員だけどぉ、精液のんで幸せになれるの……あひい、イクッ……ひいい、仙堂くんのドロドロがお腹のなかでいっぱい弾けて……イク～っ！」

仁亜子は痙攣しながら、泡立った精液で唇も汚した。

「いい飲みっぷりだ。優等な風紀委員もいるもんだな」

「やぁ。伊吹ぃ……言わないれえー……」

仁亜子は口をペニスでふさがれたまま、白目を剝いて脱力してしまう。


「二人って幼なじみ同士だったんですか!?」

すべてが終わったあと、帯刀が仁亜子と伊吹の間にあるであろう因縁について尋ねると、火照りを頰に浮かべた伊吹が教えてくれた。

「幼稚園の時からな」

「でもうちは風祭グループとは違ってしがない公務員の一般家庭よ。伊吹の両親が公立はいろいろな人間がいるから、そのなかで揉まれた方が強くなれるっていう方針みたい」

さっきまで鬼の形相で写メと格闘していた仁亜子だが、今はすっかり落ち着きを取り戻している。

しかし散々絶頂へ追いやられたせいか、深海を思わせる青い瞳には疲労を思わせる鈍い光が浮かんでいた。

「でもそんな二人が今は……。喧嘩でもしたんですか？」

「私は伊吹の考え方が気に入らないのよ。伊吹はこんなところで族の総長なんてやっている人間じゃない。それなのに、お山の大将をいつまでも気取っているから腹がたつのよっ」

「にゃんこ、言っただろ。私は……」

「聞いたわよ、聞いた。もう耳にタコができるくらい聞いたわ。でもたった一度助けられたくらいでなんでそこまで熱中しなきゃいけないの。そこまでの価値があるなんて私にはとても思えないの」

「それは価値観の相違、だな。今の道に進んだのはそれだけじゃない。私が姐《あね》さんに会えたからこそ、手を差し伸べることができる相手ができた。もし私が姐さんと会っ

たことをただのイベント程度としか認識していなかったら、救えなかったやつがいる
──ま、救うなんて、おこがましいかも知れないがな」

伊吹は優しい笑みを浮かべる。

仁亜子は意味がわからないとかぶりを振った。

「ま、この気持ちを理解してくれとは言わんさ。だがいずれにゃんこも理解してくれると信じている」

「理解なんて、したくない。してやるもんですかっ……」

伊吹がフフッと口もとに笑みを浮かべる。

「なによ」

「ここまで散々ヤられたくせに、まだそんなに元気が残ってるのか。大した精神力と体力だな」

「当たり前よ。こんなことでへばってたら風紀委員なんてやってられないわ」

「……とどのつまり、センパイは総長のことが心配だったんですね」

「なっ!?」仁亜子が赤面した。

「なんだ、そうだったのか。にゃんこ、悪かったな。今まで気づかなくて。照れるな」

「て、照れるんじゃないわよ、そんなことあるわけ……ってやめなさい！」

仁亜子は頭を撫でようとする伊吹の手を払い除ける。

気の立った肉食獣が威嚇《いかく》するみたいに、ポニーテールをブンブンと振りまわした。

「総長。いい幼なじみさんを持ってたんですね」

「だろ？　最高の友人だ」

「あなたたち、人の話を――」言いさして、仁亜子はもうなにを言っても無駄だと脱力した。「もう気はすんだんでしょ。帰らせてもらうわ」

「今日のところはな。もう勝手にうちのウサギに手を出しちゃダメだぞ、にゃんこ。狼になるのは、お前のキャラじゃないんだからな」

「う、うるさいわね！」

帯刀は仁亜子を呼びとめる。

「あの、センパイ。風紀委員の他の人たちと一度話し合ってもらえませんか」

「なんだ、帯刀。まさかお前本気で裏切る気か」伊吹は眼を鋭くした。

「違います。クラスメートの風紀委員が、センパイばっかりがいろいろやっているのを見て、協力したいけどその隙がないって困っていたもので。一度でいいんです。お願いできませんか。風紀委員のなかにもセンパイに協力したい人はいるんです」

仁亜子は風紀委員長の顔つきになる。

「なによ、えらい余裕じゃない。敵に塩を送るなんて」

伊吹がにやつく。

「いいじゃないか、一度腹を割って話し合えよ。このままじゃ生徒会が一生徒を相手にしているだけだからな。これじゃあ、ただの弱い者イジメだ」

「一応参考にさせてもらうわ」

「素直じゃないな」

「うるさいわよ！」

仁亜子は踵を返し、生徒会室を出ていった。勢いよく出ていった割に腰が半分抜けて、歩みがヒョコヒョコしていた。

「……少しやりすぎた、かな？」

伊吹は愛液で汚れたペニスバンドを苦笑しながら見た。

「総長」

「なんだ」

「今回、俺の仇をとるために無茶なことをしてくれたのは……」

(もしかして俺のことを好――……って、そんなわけないよなあ)

調子にのるなと小突かれるのが関の山か。

「……いえ、なんでもありません」

「変なヤツだな」

伊吹はくすりと笑った。

告白契りの章

私のナ力に想いを出して！

「悪逆非道な生徒会、そこまでよ！」

風紀委員総勢十名が、行く手を遮った。

「新選組……？」

帯刀たちの前に現れた仁亜子たちは、浅葱《あさぎ》色の羽織を制服の上からまとっていた。

集団のなかには玉城の姿もある。

隊列の殿《しんがり》をつとめている風紀委員は旗を持つ。そこには『秋霜烈日《しゅうそうれつじつ》』の四文字が染め抜かれていた。

特攻服の生徒会と新選組を模した風紀委員が対峙《たいじ》している。今回は人数が人数なだけに緊迫感もいつも以上だ。

「大したものだな、にゃんこ」伊吹は満足げだった。

「これが本来の風紀委員よ。だから、あなたたちの存在はもういらないの！」

「可愛いな。仲間が増えて、嬉しすぎて弛みそうになる頬を見られまいと必死に言葉を吐いてるっていう健気さがなんとも……」

「う、うるさいわよっ」

「ふん。なにが風紀委員だ。ただのコスプレ集団じゃねえか」

旗をぶんぶんと振りまわしながら蓮子が唸った。

「あんたたちにだけは言われたくないわよ！」

「委員長」仁亜子の傍で控えていたメガネをかけたお下げの生徒が仁亜子の袖を引く。

「それではいつもと同じ展開です。落ち着いてください」

「そ、そうね……」

「んだよ、もう終わりかよ⁉」

「今日はまあ挨拶だからこの辺で勘弁してあげる。いい？　明日からはこうはいかないわよ。徹底的にいくから」

「……レンコン、帯刀。私たちもさがるぞ」伊吹は特攻服を翻して背を向けた。

「でも総長ぉ！」

「新生風紀の初出陣なんだ。花を持たせてやろう」

伊吹は親友が仲間に囲まれている姿を満足げに見ていた。

「……帯刀。週末、時間空いてるか？」

生徒会室に戻ると、帯刀は伊吹から声をかけられる。

「な、なんですか。こいつと二人っきりになるんですか!?」

反射的に蓮子が反応すると、伊吹はにやりと笑う。

「アレなんだが、レンコン、またやってくれるのか。私はそれでも構わないんだが」

蓮子は顔色を変え、引き攣らせた。

「おい、帯刀。断るんじゃねえぞ」

「……ど、どーゆーことなんでしょうか？」

「今度パーティーがあるんだ。それに一緒に出席して欲しい」

「パーティーっていうのは風祭グループのですか」

考えるだけで堅苦しそうだ。

「別になにをしろというわけじゃない。私の話し相手になってくれればいい。それ以外は自由にして構わないから。こういってはなんだが、料理はなかなかよい物が出る」

「でも俺は部外者ですよ」

「問題ない。むしろ私の連れだとわかれば誰彼構わず揉み手ですり寄ってくるぞ。あ、ちなみにこれは数カ月前のなんだが」

伊吹は一枚の写真を差しだした。

「ぎゃあああああああ……！」

蓮子がいきなり今まで聞いたことのないような奇声をあげた。

写真のなかには二人の少女が並んでいる。お嬢様姿の伊吹と並んで、おめかしして
お化粧した強張った笑顔の少女。

「こ、これって……」

「レンコンだ。どうだ、かーいいだろ。こんな感じで傍にいてくれればいい」

「ぷぎゃぁ……」蓮子は突っ伏した。

「わ、わかりました」

「……そーちょーのかおに、どろをぬること、すんじゃねえぞぉー……」

蓮子はぜえぜえと肩で息をしながら、写真を懐に抱きこみ呻いた。


スモークシートの張られた窓の向こうで街の灯が流れている。

仕立てられたばかりのスーツはまだ体に馴染んでおらず、落ち着かない。

車内の後部座席は六人がゆったりと座れる広さ。そこに帯刀と伊吹が二人っきり。

対面式の座席であり、運転席との間は隔てられて運転手に会話が聞かれる心配はない。

「会場でもこの調子だと困るぞ」伊吹が苦笑しながら言った。

「この調子、ですか」

「話し相手に連れてきたのに、黙《だんま》りを貫かれたら困るってことだよ」

今彼女は、ウェストを絞った赤いロングドレス姿だ。スカートにはチャイナ服のようにスリットがいれられ、白い肌が見える。手には黒いレースの手袋をつけ、踵の高いヒールをはいていた。化粧もしていて、いつも以上に大人びて見える。

ヘアスタイルは、ストレートにして背中に下ろしていた。

「緊張してるのか」

「こんなのはじめてで。へ、変じゃないですか？」

「似合ってる。いい男ぶりだ」

恥ずかしさに耳を赤くしながら、伊吹の姿をちらちらと見やる。

時折、車内に入ってくる街灯が伊吹の肌の白さを燦めかせていた。幻想的というくらい冴えざえとした美貌に見入る。

「なんだ？」

「総長も、綺麗ですっ」

「褒めてもなにも出ないぞ」

「違います。そんなつもりじゃないです」

「それと、伊吹でかまわない。この姿で総長なんて何事かと思われる」

「伊吹さん。ご両親は、俺のことを歓迎しているんですか」

帯刀は前を走る白いリムジンを見た。そこに伊吹の両親が乗っている。

一応事前に会って歓迎の言葉をかけられたが、本心がどうかはわからない。

「気にしすぎだ。父は実業家だが驚くほど裏表がない……というよりも嘘をつくのも時間の無駄と考えるタイプなんだ。口に出した言葉がすべてだよ。母は言うまでもなく、心にもないことを言える人じゃない。気に入らない相手には気に入らないと無垢な顔して言える人だからな。言われた相手の顔ほど見物のものはない」

「それはそれで大変……ですね」

「真面目そうな青年じゃないか——お父様の評価だよ」

「はあ」

「たしかにはじめて会う人間を見た目で判断するのは軽率だ。でも間違っていない」

「お母様のほうは俺のことに気づいてませんか。俺がメイドのコスプレした……」

「そうだな、タテ子ちゃんだったか。大丈夫なんじゃないか」

伊吹は笑い混じりに言った。

「う、うーっ」

やがて車が、ホテルの玄関前にとめられた。ボーイが駆け寄り、車のドアを開ける。

ホテルの支配人がわざわざ出迎えに来て、会場まで案内した。

会場はホテル内だけでなく、そこに面した庭園までも使って規模が大きい。

伊吹はいつもの『お嬢様』になり、両親の元へ向かう。

「――帯刀、すまない。食事でもして待っていてくれるか」

伊吹は両親とともに挨拶回りに出かける。すぐに人集《ひとだか》りができ、三人の姿はあっという間に見えなくなってしまう。

(やっぱり総長は風祭グループの令嬢なんだぁ)

自分と住む世界が違うことをはっきりと意識させられる。

帯刀は目立たないように過ごすが、緊張しながら摂る食事はほとんど味がわからない。小市民のような自分が来るような場所じゃなかった。

帯刀は、蓮子が渋面をした理由が身につまされる。

「……すみません、さきほど風祭様と一緒におられた方、ですよね」

と、帯刀の前にロングヘアの毛先をくるりと巻いた女性が立つ。年の頃は帯刀よりも一つ、二つくらい上だろうか。

襟ぐりの深く開いたドレスで、胸の膨らみが強調されていた。

「風祭様の恋人さん?」

流し目を送られる。

「いえそんな。滅相もないですっ」

「面白い人ね。見た目はちょっと怖いけれど」

「……よく言われます」

「やっぱり面白い」フフフと微笑む。「それじゃあお付きの方ね。少なくとも風祭様とご一緒されているのだから、かなり信頼はされている」

「そ、そうでしょうか……?」

「そうよ、天下の風祭グループが怪しい人間を傍にはおかないでしょ」

女性はウェイターを呼びとめ、カクテルを手にとった。

「さあ、どうぞ」

「あ、未成年ですから」

「弱いお酒だから大丈夫よ。ご主人様は他の方との歓談でお忙しそうだしね。お互い、手持ち無沙汰だから少しお話でもどう?」

女性はすり寄ってくる。胸が肘に押し当てられた。

香水の甘い香りが鼻腔をくすぐる。

「秘書さんかしら。それとも……体がかなりがっしりいているからボディガードさん? なにか格闘技とかやってるんでしょ」

「空手を少し」

「私、たくましい人好きよ」

社交界の花のような人から面と向かって好きと言われて耳が熱くなった。

「外のほうでお話しししません？」女性の手が腕に触れる。

「いや、それは――」

帯刀が伊吹を捜そうとした瞬間、背筋が震えた。

「――あら。これは早苗《さなえ》さん、私の学友になにかご用？」

「ご、ご学友……。あら、私、人違いをしていたようですわ、ごめんなさい」

女性は表情を引きつらせながら早足で逃げていく。

「帯刀」冷たい視線に射抜かれる。「いい度胸だな。もうナンパを覚えたか」

「いっ!?」

爪先をヒールで踏みつけられた。

「あれはうちの情報を探ろうとする他家の人間だ」

「そ、そうだったんですか」

「人が気を利かせて早く戻ってくればデレデレと。まったく……伸びてるぞ」

帯刀は鼻の下を隠した。

「で、デレデレなんてしてません。それに俺が好きなのは……」

「伊吹さん、お久しぶりですねえ」

大袈裟に両腕をひろげながら男がやってきた。同性からいかにも嫌われそうなナルシスティックさが鼻につくが、見た目だけは恵まれている。

「君塚《きみづか》さん、お久しぶりです」

男は慣れ慣れしくハグを求め、伊吹も受け入れる。

ただの挨拶だとわかっていながらも、あまり見ていて面白いものではない。

「どうです、ここの庭園を一緒にまわりませんか。満月が美しい晩ですよ」

そんなキザなセリフを真顔でのたまえるなんて、脳の構造が帯刀とは明らかに違う。

「お誘いありがとうございます。でも申し訳ありません。今から彼と見てまわろうと思っていましたので」

「その男はなんです」

「私の学友です」

「学友」男は汚いものでも見るような視線を向けた。「つまり公立？」

「そうです。同じ生徒会の」

「私のほうがもっと伊吹さんを楽しませてあげられますよ。だって公立の生徒ということは……失礼、たとえ友人にするにしてももっと人を選ばれてはどうです？」

「――それでは君塚さん、失礼いたします」

伊吹は君塚との会話を一方的に切りあげると、帯刀の手を引き、さっさと歩きだそうとする。しかし男は粘った。

「あなたのような女性には俺のような人間こそ相応しい。うちと風祭家……これ以上の取り合わせがありえますか。なのにどうしてそんなヤツなんかと群れるんです」

ハアッと重々しいタメ息が伊吹からこぼれた。

「君塚さん、もっと誠意のあることが言えないんですか。私は以前、とてもストレートで、でもそれだけに胸にしみた告白をもらったことがあります。それにくらべれば、今のあなたの言葉は空虚です。あなたはいったい、誰に告白しているのですか。私ですか、それとも風祭の家ですか」

「ど、どちらも同じでしょ」

「失礼します」伊吹は救いようがないと言わんばかりにかぶりを振り、踵を返す。

「チィッ……フリョーゴッコしてる女め。優しくしてやったら図にのりやがって」

帯刀は振りかえった。

「構うな」

伊吹にたしなめられるが、帯刀は抑えられなかった。まだ理性は生きていたが、血がのぼるのを強く感じた。

「今、なんと言いましたかっ」

「なんだよ。お前と話すつもりはないよ、しっ、しっ」

「今なんと言ったんですか、伊吹さんのことを。答えてください」

「不良ごっこしてる女って言ったのさ。知ってるぞ。せいしょーって頭のゆるいチンピラが多いんだろ。そこの生徒会はなんていったっけ、不良の頭目か。特攻服着て。……ああ、そうか、お前も特攻服を着てるのか。どうせクスリでもきめてんだろ」

「お前っ」

「帯刀、よせ！」

強い力で拳にした手を取られる。伊吹の指が食いこんできて、腕が動かせない。

「……君塚さん。なにを思おうと仰ろうと自由ですけれど、場所を考えてください」

帯刀は伊吹に引きずられる。

「なんだよ、低能が。すぐ暴力か。だから能なしは困るんだ。……ほら、早く行け、行っちまえ。どうせどっかにしけこむんだろ、売女《ばいた》が」

帯刀の頭でなにかが切れた。伊吹の手を振りほどく。

「テメエ！」

帯刀の拳が優男の顔面にめりこんだ。

男は鼻血を撒き散らしながら吹き飛ぶ。白目を剝いて、完全に気絶した。

鼻骨の折れる感触と手についた血のぬめりに、ハッと我に返る。

まわりは騒然とし、伊吹たちを囲むようにたちまち人集りができた。

「おい、誰か。係員っ」

「警備員も呼べ。犯人はこの子だ！」

「しかしその子は風祭様の……」

「だが君塚さんのご子息が殴られたんだぞ」

「……俺が悪いんです。俺が先に手を出しました」

「帯刀っ」

帯刀は伊吹に、なにも言わないで欲しいと首を振る。責められるのは自分だけで充分だ。実際、伊吹は構うなととめた。振りきった結果がコレだ。

これ以上、伊吹に帯刀の肩を持たせて迷惑をかけるわけにはいかない。

「この方は悪くはありませんよ」

囲みが割れた。娘よりも断然目立ったドレスと装飾品をまとった玉江が進みでる。

「悪いのはそちらで寝転がっている男の方ですわ」

玉江の言葉に、さっきから散々うるさかった野次馬たちは押し黙る。

「そちらの方が娘に執拗にからんでいたのをこの方が助けたのです」

玉江は帯刀の肩に手をやる。

「よく娘を守ってくれました。お礼を言います。……伊吹ちゃん、ここはウルサイですから外にでも行ってなさい。ここにいてはまた風祭の家に媚びようとする者がすり寄ってきますよ。まあ、ここにお集まりの方々にそんな非常識な行いをする方はおられないかと思いますけど」

玉江はまわりの反応など少しも気にせず、臆面もなく言ってのけた。

「行くぞ」

伊吹に手を引かれ、外に出る。

庭はしんと静まりかえっていた。

「帯刀。どうして自分に非があるだなんて……」

「たとえどんな理由があっても手を出したのは俺が先ですから」

「確かにこっちが先に手を出した。でも相手はこちらのプライドをキズつけた。帯刀一人がすべての責任を負うのはおかしい。当事者の一方が気絶してなにも言わない以上、お前の言葉でまわりは判断するんだぞ。もしこんなくだらないことで警察の厄介になるようなことになったら、私は今日子姐さんにどう説明すればいいっ」

もうすでに伊吹は『お嬢様』の皮をかなぐり捨てた。髪を乱暴に掻きあげる。

「あんなやつのことなんて、放っておけばよかったんだ」

「そんなことできませんよっ」

帯刀の強い口調に伊吹は口をつぐんだ。

「だってあいつ、伊吹さんのことを不良ごっことか、ば、売女なんて……そんなことを日の前で聞かされて我慢なんてできるわけがない。好きな人が悪く言われているのに、なにもしないなんて……それこそ漢の道に反します。そんなやつは漢じゃありません。俺は伊吹さんのことが好きなんです、だから当然のことをしたまでなんです！」

「……お前の告白は神出鬼没だな」伊吹をもらした。

「いえ、今のはそういうつもりでは……。わかってます。今、伊吹さんは色恋にうつつを抜かしている場合じゃないんですよね」

「手を見せてみろ」

「へ？」

「手だよ、手。あの殴り方じゃ、手を痛めてるかもしれない」

彼女の言う通り、指先がほんのりと赤らんでいた。伊吹の手が優しく重なり、癒すように撫でる。

「まったく。お前は十年前から変わっていないのだな」

伊吹の繊細な指先が、三日月のキズをなぞる。

「やっぱりあの子は、伊吹さんだったんですか……」

「今日子姐さんと話をした時、私を匿《かくま》ってくれた子のことを思いだして……でも子どもの頃のことだ。お前ももう子どもじゃない。今まで確信が持てなかったが、私のために無茶をしたお前の姿を見て……すまない。私のせいでこんなにも深いキズを」

「いいんです。これくらい」

「私は不義理な人間だな。許してくれ。今日子姐さんよりも前に、助けてくれた人がいたというのに……情けない限りだ、恥ずかしい」

「結局、僕はなにもできませんでした。母さんが助けてくれなかったら……」

「帯刀は昔から、私のことを助けてくれていたんだな。お前は知らないかもしれないが、私はお前に支えられている。帯刀という存在を私は頼もしく感じはじめている」

帯刀はストレートに褒められて、耳が熱くなった。

「助けてくれた恩人のことにもなかなか気づかない鈍感な私だが、これからも傍にいてくれるか？」

「も、もちろんですよ。むしろ俺のほうからお願いしたいくらいで……」

「なら受けてくれるか。今日から私の『舎弟』になってくれることを」

帯刀の心臓がビックリしたように跳ねる。

「この期に及んでもこんなことしか言えなくてすまない。しかし私も帯刀もそれぞれ極めなければならない道がある。色恋に染まるわけにはいかない。だが私はお前と親密な関係を築いていきたい。上下の関係だけでいたくはない。どうだろう、受けてくれるか」

伊吹は自信なさそうに尋ねてくる。下唇を嚙み締めた伊吹から緊張感が伝わり、帯刀は口のなかが乾くのを感じた。

「申し出、喜んでお受けします」

伊吹の表情がパッと輝いた。

「そうか。……なら『舎弟』の盃《さかずき》を交わそう」

「盃……」

伊吹が手を強く握ってきた。

「お前の子種を受けとめたい。それを盃代わりにしよう」

伊吹に手を引かれ、庭園の奥まったところへ連れていかれる。

そこは繁った草木によって屋内からは見られる心配はなかった。

伊吹と本気で交わる。嬉しさに胸のあたりが熱を持ち、声帯が小刻みに震えた。

「伊吹さん」

帯刀は身を乗りだすように顔を寄せようとすると、伊吹から待ったがかかる。

「一つ聞かせてくれ。お前にとって私は何人目のキスの相手だ」

「は、はじめてです」

「……下手な嘘はやめろ。少なくとも私を含め三人の女性と関係を持ったお前がどのツラさげてそんなことを言える?」

「ほんとうです！　これだけは決めていたんです。はじめてのキスは伊吹さんだって」

「……まるで純情な乙女だな。三人の女の処女を奪っておいて」

「信じてくださ――」

帯刀はいきなりネクタイをつかまれ引き寄せられた。

唇が柔らかな弾力に包まれ、ホイップクリームのようななめらかさに呑まれる。

目の前数センチには、伊吹の玲瓏《れいろう》たる美貌があった。

(俺、伊吹さんとキスしてる!)

伊吹の肩をつかんでいる手に力がこもった。

帯刀は唇を離そうとするが、彼女は一向にネクタイを離してくれない。

「バカ。まだだよ」

帯刀の唇を割り開いて舌が入る。

帯刀は混乱しながらも、口内をまさぐる柔らかな触感に惹かれ、自分からも舌を絡めはじめた。柔らかく温かな粘膜が触れ合えば、頭のなかにイナズマがほとばしる。

「ん……んふっ……うンっ……ん、ちゅ……ちゅ……うぅ」

伊吹は切なげに身を捩るが、いやらしく唾液を混ぜ合わせることをやめようという気など少しもなかった。

「伊吹さん」

帯刀は唾液を飲ませる。伊吹は眼を見開きながらも美味しそうに喉を鳴らす。

(飲んでくれてる。伊吹さんが俺のつばを……ゴクゴクって……伊吹さんが。ああ、

すごい幸せだ)

支配欲求がこみあげ、さらにドロリと大量の唾液を飲ませる。

「んうッ」

伊吹の手に力がこもり、なにかを必死に耐えるように柳眉をたわめた。

深い交わりから唇を剝がす。唾液が糸を引き、ぷつりと切れる。

帯刀が少し力を加えれば、伊吹は倒れこんでしまう。

「誰かにねじ伏せられたのははじめてだ」

あおぎ見てくる伊吹の瞳は外からの灯りがなくとも、瞳そのものが宝石のような煌めきを放っていた。

「今だけは、男に格好つけさせてください」

「そうか。お手並み拝見だな」

「頑張ります」

「そうだ、ガンバレ。さもないとすぐに逆転してしまうぞ」

冗談めかして言いながらも、伊吹は身を預けてくれている。

帯刀はベルトをゆるめ、ズボンを脱ぎ捨てた。下着をずらしてギンギンに昂った剛直を取りだす。

「逞しいな……」

伊吹が手袋をしたままペニスを握ってきた。

「うっ！」

「すっかり太くなってるな。これも女で鍛えた成果か？」

「い、イジワル言わないでください……あああっ」

すべやかなシルクの感触がいきり勃ちに絡めば、声を上擦らせる。すりすりと柔らかな感触に包みこまれるだけで勃起は乱暴になり、先走り汁が溢れてきた。

伊吹はドレスの肩ヒモをほどき、ハーフカップのレースの黒ブラに包まれたたわわな実りをすくいだした。頂きの上に咲き誇った鴇色の乳頭がツンとそそり立つ。

「伊吹さん、綺麗です」

帯刀は伊吹に馬乗りになった。美しい球形を保ちつづける媚乳をまさぐる。びっくりするくらい伊吹の肌は火照っていた。

「帯刀の手、熱いぞ……昂奮してるのか」

「この状況で昂奮しないやつは男じゃないです」

「うれしいこと言ってくれるじゃないか……アァァンッ！」

小石のようにコリコリした乳首を摘むと、伊吹はグッと身体をのけ反らせた。

双乳がたわんだ瞬間、その合間に屹立を押しこんだ。なめらかで、キメの細かい肌が巌《いわお》のようなペニスへ吸着してくる。

「伊吹さんの胸、すごく柔らかいよ」

汗をふいて、肌はより生々しく手にからんでくる。それでいて弾力にも富む。

「帯刀のは、すごく硬いな。ドクドク震えて、胸の間で暴れて……ンゥッ！」

「動きます。伊吹さんのオッパイを俺のあそこでいっぱい感じたいんです」

「雰囲気を出せよ、もっと。こんなところでいちいち尋ねるのは無粋だろ」

帯刀は腰をうねらせる。赤銅色をした肉塊が白さの眩しい美巨乳の合間を割って入るような画に、背筋がゾクゾクした。

「け、削られてる。帯刀が動いて、胸が逞しいものと擦れて……胸の奥がどうしようもなく疼いてくるっ」

伊吹は切なげに身悶えして、鼻を鳴らす。

カウパー汁が白い乳肌に塗りこめられ、乳肉の間を往復するたびにいやらしい粘着音が弾けた。

「伊吹さんの乳首、コリコリだ。昂奮してくれているんですね、俺と同じように……ああっ」

憧れの人の乳房をわしづかみ、快感を共有できていることに無限の悦びを感じた。

伊吹は乳首を潰されるたび、ビクンとそのスレンダーな肢体を戦慄かせる。

「はぁっ……あ、ンゥッ！　こ……こら、帯刀っ、そんなに胸の先っぽばかり、弄くるな、そこ敏感なの、わ、わかってるだろっ……ふあああン！」

鮮やかなピンク色に咲き誇った乳頭はいくら弄っても飽きがこない。むしろ弄れば弄るほどその色を濃密にしていき、色めき立った。

「あ、熱い……擦れて……帯刀の硬いのがしみこんでくる。帯刀のあそこと私の胸がくっついて、一緒になって蕩けちゃいそうだっ……あぁんっ！」

敏感になった勃起はバストの狭間でもみくちゃにされながら激しく戦慄く。

大ぶりのスラストを受けとめて、双《ふた》つの乳丘はつくりたてのプリンのようにぷるぷると揺れた。

「は、激しい。……ん、んぅぅっ……まったくいやらしいヤツだな」

眼を眇めた伊吹は口を開き、ベビーピンクの舌先で鈴口を刺激してきた。

「伊吹さん!?」

快美電流が脳天まで迸り、快感汁がドロリとこぼれる。あまりにも唐突な刺激に対して、帯刀はあまりに無防備だった。

「先っぽ舐められて気持ちいいんだろ。やらしい露でベトベトじゃないか」

伊吹はぷっくりと充血した亀頭へ舌を積極的に絡めてくる。

「お前の初めてを務めた時のことが思いだされるよ。あの時よりもずっと、おいしく思える……」

「ああ、汚いです。な、舐めるなんて……あ、アアアンッ！」

さっきまで乳房全体を使ってのパイズリだったものが、先端を伊吹の唇へ押しつけるような細かな律動に変化していく。

伊吹の唇も舌もどちらも柔らかく、触れるだけで腰くだけになりそうだ。

指先にも自然と力が入り、美しい球形が手のひらで潰れて卑猥に撓む。

「私にも……ンチュッ、……チュパッ……やらせろ。にゃんこにはしていただろ。不公平……じゃないか。本命にはお預けか、お前そんな趣味があったのか」

「でも、あの時は……ああ、伊吹さんがそうしろって言ったから」

「じゃあ命令だ……んちゅ、私に、お前のモノを舐めさせてくれ。んちゅ、チュパッ……ヂュルウッ……おまえを、私の口で気持ちよくしてやりたいんだ。初めての時はそこまでジックリしてやれなかったからな……ンヂュルルル！」

亀頭冠を半ばまで咥えられた。濃い陰毛に鼻梁が埋まるのも構わず、伊吹は自らの口唇愛撫で貪欲に責め立ててくる。

「んちゅ、……チュパッ、ああ。やらしいやつ。こんな卑猥な腰の振りをして、そんなにたまらないのか。そんなに私の口でよくなってくれるのか。小便を出す穴がひくひくしてる……」

敏感な尿道口をチロチロと弄くられると、腰が何度も抜けそうになった。

「うッ、うううッ……そ、そこばっかりダメです。ああっ……今日は俺がリードしようって思ってたのに……はああっ……あああ!!」

「バカを言うな。年下に早々リードを許すとでも思ったのか。リードしたければ、実力でなんとかしろ。今の状況を変えてみせるんだな」

伊吹は悩ましげに眼を瞬かせ、舌をより淫らに蠢動《しゅんどう》させる。

先走りと唾液とが絡み合い、泡立ち、乳肌を汚した。

全身が鳥肌立つ。陰嚢がキュッと持ちあがり、勃起がビクンと力強く跳ねた。

「伊吹さん、すごくヤラシイです……アウゥゥウッ！」

「女の味を知っているのが相手だからな。これくらいのことはしないと。私だって姐である前に女なんだ。傍にいて欲しいと思えるやつを誰にも盗られたくないと……私のことだけを見ていて欲しいと思うのは当たり前だ。そのためなら私はどんな恥ずかしいことでもしてやれる」

「い、伊吹さんっ」

伊吹の淫らな奉仕の端々に、帯刀は自惚《うぬぼ》れだとわかっていながらも自分への想いがちりばめられている気がした。

差し迫ってきた射精感に乱暴に腰を揺する。

「ああ……で、出るっ」

「ちゅるる……も、もう少し待て……んぢゅ、ちゅぱ、えろ、んふ、むふっ！」

「む、無理です！」

ペニスがひときわ激しい痙攣に襲われ、ビクンと跳ねた瞬間。尿道をひろげて白濁ゲルが噴水のように放出した。

ドクッ……ドクドクッ！

「ん……熱いッ……んぅぅぅ……！」

精液が弾け、鳥モチの雫が伊吹の顔をベトベトに穢した。

二度、三度と大きな波がこみあげ、そのたびに伊吹の彫りの深い顔立ちは白い体液でベトベトになった。

「が、我慢しろと言ったろ。あとすこしで、精液を飲んでやれたのに……ノドがカラカラだゾ」

伊吹は頬を艶めかしく紅潮させながら、いじけたように唇を尖らせた。

「まだ俺、できますから」

伊吹は相好を崩してからハッとして表情をしかめつらしくした。

「帯刀、男のたくましさをよろこぶ女はいやか？」

「大好きに決まってます。今度は伊吹さんと一緒になりたいです」

「……そうだったな。お前のがあまりにも力強かったから忘れていた。盃を交わさなければな」

伊吹は、ぷるぷると揺れる胸を大胆にさらしながら木の幹へ上体をもたれかけた。帯刀に向けて、プリッとした水蜜桃を思わせるヒップが突きだされる。

赤いドレスに包まれた柔らかな肢体。そしてスリットからのぞく脚線美が帯刀の飽くなき劣情をかき立てた。

帯刀はスリットに手をかけ、スカートを捲りあげる。

ブラと同じようにレースの黒いショーツがお尻を包みこんでいた。尻朶のほとんどがこぼれている。桃尻を包んでいたのは大胆なティーバックだ。

「どうした。今さら女のお尻を見て昂奮するほど初々しくないだろ?」

「伊吹さんの身体は別です。き、緊張しますから」

「……ば、バカ。早くしろ。いつまでもジロジロ見られていたら落ち着かないっ」

尻の谷間に食いこんでいるヒモ布をどけると、愛液がトロリとこぼれた。真っ赤に充血した陰唇が物欲しげに蠢動しているのがわかる。

一刻も早く無数の襞をかきわけ、伊吹の子宮口を突きあげたい。

「伊吹さんのおま×こ、すっかりトロトロですね」

「う、うるさい。回し蹴りを食らいたいのか」

帯刀は勃起を扱《しご》きあげ、ゆっくりと挿入していく。

ヌチュ、グチュ、ズチュ！

「ん、あ、ああッ……く、くるう。帯刀のが私のなかに入って……あッ、はあああ、帯刀ぃ……強く反りかえってるのが、私のなかをひろげてるうっ！」

「すごい。オッパイよりもずっと、俺のに絡みついてくる。ベトベトのグチョグチョになってる。伊吹さんの、ああ、すごい締めつけだっ」

まるで意志を持っているかのように蠕動する膣粘膜が帯刀の砲身をとらえた。油断していたらすぐにでも出してしまいそうだ。

「ああああ、奥……奥に来たぞ。帯刀のが、一番奥にまで……はあぁぁんっ！」

子宮口をトンと突きあげると、伊吹は胴震いした。

帯刀は伊吹のお腹に腕をまわすと、股間を根元まで埋めながら支えた。

「バカ、そんな、い、いきなり深すぎるうっ」

黒髪をざっくりと波うたせ、身を捩った。

伊吹の胎内はゴポゴポッと愛液を滲ませ、艶めかしい伸縮を繰りかえす。彼女の細い足が突っ張った。

「温かくて気持ちいい……っ」

「す、少しは遠慮しろ……アアッ……私は経験が少ない……まだ二度目なんだぞ……んぅ！　び……ビクビクって、響く。私のなかで帯刀のが震えてるうっ！」

深い密着感と挿入感にさらされている伊吹は長い睫毛を瞬かせる。

剝き出しの乳房がたぷんと重々しく揺れ、先端の乳頭に汗が溜まった。

「伊吹さん、丸見えだ。俺のを咥えているあそこと……お、お尻の穴までっ」

「ば……馬鹿、どこ見てるっ……」

色素の沈殿している菊蕾は恥ずかしそうにキュッとつぼんでいる。はじめて目にするからこそ、そこは女性器よりもずっと卑猥に思え、好奇心が疼いた。

「ひゃあッ」

軽く指で排泄穴をなぞると、伊吹の身体は軽く海老反る。

一緒に膣肉が締まりをきつくし、襞全体がザワッと蠢いた。

「か、感じたんですか」

「違う。いきなり触られてびっくりしただけ……はう！」

お尻をなぞるごとに、蜜壺は甘えるように太茎に絡みついてくる。

(うわ、これって結構面白いかも)

清咲学院の総長がお尻で身悶える姿は、帯刀の征服欲を膨張させる。

アヌスを指でぐいぐい圧迫しながら、帯刀は腰をふるいはじめた。

「ば、かっ……お尻、い、イジリながら……動かすなんてっ……はあん……そんなこと、や、やめろっ……ンゥッ！」

お尻を弄くられて思わず敏感に反応してしまったことへの羞恥心が身を焦がす。

しかし苦情を申し立てる暇もなく、最奥を穿つ肉杭の一撃を浴びせかけられ伊吹は涙目になって鼻を鳴らしてしまう。

(帯刀のが深いところにまで入ってきて、一番奥を押しあげてる。すごいっ。私を女にしたのが、私に悦びを植えつけようとなかでぴくぴく震えて……でもどうしておしりを弄るんだ。そんなことされたら、子宮で、帯刀を感じることに集中できないっ)

「伊吹さん、気持ちいいですか」

帯刀の息が汗に濡れた首筋をくすぐり、さらにお尻にあてがわれた指がアヌスを弄ぶ。指こそ入れないものの、皺を伸ばされるだけでもゾクゾクした官能のスリルが差し迫ってしまう。

「私のなかによく馴染んでるな。ああッ……しかしやはり太すぎるっ……はあん、だから、お尻、弄くるな……！」

懸命に抗おうとしているのに子宮口を刺激されると、抵抗できない。お尻までいじくられてしまうと脱力感に気が滅入りそうになった。

「でも伊吹さん、感じてるじゃないですか。こんな綺麗なドレスつけながら、お尻でアンアン泣いてるじゃないですか。僕は伊吹さんを感じさせたいんですっ」

「だからって……ふぁっ……お尻なんて触るんじゃない。そんな、ところ、汚いだろう……はぁンッ。ああ、やめろ、お尻を押すなっ。は、入ったら、ど、どうするんだぁ……アアンッ！」

太々とした肉杭が基底部を押しあげ、ギュウギュウと万力《まんりき》のように収斂する肉壁をひきつらせた。

帯刀が腰を引く。「ンハあああぁぁぁっ！」張りでたエラが粘膜を掻き毟《むし》り、肉悦の波紋が全身へひろがった。官能の火花が敏感な柔穴で飛び散り、はしたない蜜が溢れてしまう。

身体にまわされた帯刀の腕に力がこもり、息つく間もなく二撃目が押し寄せた。同時に、それまで表面を犯していた指先がお尻に食いこむ。

ズブズブッ！

「入るうぅッ」

窄んでいたところを無理矢理こじ開けられ、内部を刺激されてしまう。下半身がひときわ激しくビクッと震えた。

「あ、ああん！　帯刀の指に、めくりあげられる。前もぉ……ああ、後ろまでぇ……アアッ、アゥ……また深く、私のところに沈むっ……はあっ、帯刀、抜け。お尻、き、汚いっ……ゆ、指だめなのにいぃぃっ！」

「でも伊吹さんの身体はダメとは言ってませんよ」

指がさらに深く沈む。内側からひろげられる。掻痒感に足が突っ張った。たくましい美脚に筋が浮かびあがる。

愛液が割れ目からしとどに滲み、膝裏をラブジュースが垂れ伝う。

お尻を刺激されれば子宮がキュンと収縮し、潤みははしたないほどひどくなった。

（お尻に指を入れられて……私、感じてるのか。そんなはずない。お尻で悶えるなんてただの変態だ。き、記念の日なのに……お尻で気持ちよくなるなんて変態な快感を覚えさせられたくない、い、いやだ……でも、ああ、あそこの濡れがひどくなるぅ！）

心とは裏腹に、お尻責めに背筋が強張り、全身の総毛立つ愉悦が弾けてしまう。

嫌悪感があるのに、敏感に反応せずにはいられなかった。

「すごい締めつけだ。伊吹さん、少し緩めてください。じゃないとすぐにまた出ちゃいそうだ」

帯刀から切羽つまった呻きがもれる。

「な、なら出せばいい。何度だって、なかに出して構わない。『舎弟』の契りを交わす……盃は必須、だろ」

帯刀はごくりと生唾を呑んだ。

「盃だ。帯刀。お前の子種を私のなかへ注げ。私の子宮でお前のを受けとめるから。

そして私だけの『舎弟』になるんだっ」

(私のなかに白くて生臭くて濃い子種が入ってくる……受けとめる、帯刀のすべてを。ああ、考えただけで胸のドキドキがとまらない。子宮の疼きが、と、とまらない。私は帯刀のことを想っている)

帯刀に犯されている穴という穴が疼き、早くメチャクチャにして欲しいという破滅的な欲求が差し迫ってきた。

伊吹は居ても立ってても居られない。振りかえるように首を動かし、帯刀の唇を奪う。

帯刀の驚いた顔が涙で滲んだ。

「帯刀……ンチュッ……エロエロッ……んちゅ、ちゅ……ンフッ……ンフゥッ……ほら、もっと舌を絡みつかせろ……お前の唾液を飲ませてくれ……ンゥッ……アウ！」

指を深くまで呑みこまされ、思わず喘いでしまう。だがそこで、さらに舌を巻きつかせ合った。

「ちゅっ……ンッ、ンムゥッ……い、伊吹さぁンッ……んちゅ、えろ、だ、唾液熱い……。まるでエッチなおつゆみたいに、んふぅっ……ンぁあッ！」

「お尻ズボズボしながら唇をうばうなんて、お前いつから、こ、こんなケダモノみたいなエッチを覚えたんだっ……はああっ……は、はじめての時とくらべたら、まるで別人だ……あうぅぅんっ」

「伊吹さんは感じてくれないんですか。今の俺は嫌いですか？」

「そ、そんなわけないだろ。感じられる。身体がお前に触られるだけで熱くなって、エッチなおつゆがぜんぜんとまらないんだぁっ、それでわかるだろ。私の女がどれだけ喜んでいるのかはっ……！」

本気で感じると感情まで大きく波うつことを伊吹ははじめて知り、さっきまで嫌悪ばかりが際だった直腸への愛撫さえも許容できてしまう。

はじめてを帯刀に貫かれた時も肉体的な快感はあったが、ここまで心が揺れるほどではない。膣圧も高まり、逞しい生殖器を搾精の蠢動でいじめ抜いた。

「ンゥ……こんなきつい。キスしたら、う、疼く。あそこがジンジンするぅ。ジンジンして、熱く痺れて……ああっ！」

帯刀は腰を動かすと同時に、アヌスを責め立て、指先も一緒に往復させはじめた。

「はあああんんん……！　お、お尻、動いて……前と一緒に、ああ、擦れる、け、削れてしまう。お尻が、熱くなって、も、燃える……お尻熱いッ……！」

クチュ、ヌジュ、ズンッ！　充血した襞肉を幹が抉り、貫けば快美電流が迸る。

「ふ、深いッ。刺さる。帯刀のが私のなかを穿ってる……ひぃぃぃぃンッ！」

伊吹は木の幹に上半身を押しつけ、しがみつき、ヒイヒイと声を引きつらせた。

「た、帯刀、もっと突いて。奥に、もっと欲しい。あそこも、お尻のほうも……もっと火が出るくらい擦れ、抉れ！　お前の体で私のなかをぐちゃぐちゃにしてっ」

伊吹は自らも腰をうねらせ、汗みずくになった乳房をタポタポと揺らした。

グジュ、ズブ、ブヂュ、ヌチュ、プチャッ！

愛液の飛沫が散った。胎内はぬかるみ、蕩けきっている。

粘膜を刳《く》り貫《ぬ》く勢いは鋭く、快美が理性を感電させた。

「帯刀。もっとこい！　渾身の一撃で私を悶えさせろ！」

子宮口を押しあげる勢いに身を捩り、排泄器官へのひっきりなしの抜き差しに身体を戦慄かせる。

頭のなかで何度も小さな爆発が起こり、ギュウウウと粘膜が収縮した。

「でる……伊吹さん。俺、出そうですっ」

「出せ、帯刀。出してくれ。奥に……深くに……盃を交わそう。私のなかにお前の欲望をぶつけてくれ。お前が私の舎弟である証明を子宮深くに刻んで欲しいんだ！」

帯刀が伊吹の腰をつかみ、勢いよく肉芯を縫いつけ、アヌスにも根元まで指が押し入り、指先が折れて粘膜を掻き毟った。

「ああ、お尻とあそこ一緒に責められてイクうーッ！」

ビュルル、ビュビュー ッ！

蜜肉を刳り貫いた勃起はググッと反りを強くしながら、白い子種汁を胎奥めがけて撒き散らす。

「イクッ……いくうっ……あ、あああッ……とぶ、とぶう……とんじゃうぅ！　帯刀の精液がしみこんで、とぶうううぅぅぅーーーーーー!!」

どろどろの白い溶岩流が胎内を灼き、子宮が炎上した。

全身の細胞が感化されたみたいに連鎖的な爆発を起こし、頭のなかが真っ赤な光に塗り潰されてしまう。

（ひ、ひろがってる。帯刀の白い滾りが私のお腹のなかに満ちて……私の子宮が……帯刀ので、いっぱいになる……子宮、お、溺れちゃううっ……）

爪先立ちになり、ワナワナと微痙攣をもよおす。

お腹の奥でネットリと絡みついた粘着質の感触と、まるで松明《たいまつ》が最奥でともっているような灼熱感に身震いする。

散々、穿りだされ、ささくれ立った腸粘膜がジンジンと熱を孕んでいた。

「伊吹さん、気持ちよかったです……ンゥッ!?」

「まだ、抜かせないぞ」

敏感な粘膜に力を入れて、抜かれようとする勃起を食いとめた。

伊吹は挿入したままの体勢で身体を反転させた。

「はあうぅぅ！　うッ……うぅぅ……帯刀、まだできるはずだろ。もっとお前のもの

を注いでほしいっ」

オーガズムの余韻がまだ長く尾を引きながらも、沸々とこみあげる帯刀への愛おしさは枯渇を知らない。

「この格好なら、お尻はもう弄れないだろ。今度こそしっかり子宮だけで気持ちよくしてもらいたいっ」

伊吹は木立へ背中を預け、帯刀に押しつけられる。

自重でさらに深い媾合が実現し、肉門が驚いたようにキュウッと収斂した。

「お前のが、さらに深く私のなかに入って……ンウゥゥ！」

後背位から対面座位への急激な体位変動、狂おしさに身悶える。

「伊吹さん！」

帯刀は歯を食い縛り、小鼻を膨らませた。

「帯刀、動けっ」

ドロドロした体液が逆流してくるのを感じながら、律動が再開された。

「ハアァァァアン！」

ジュブ、グジュ、ヌプ、ヂュブッ！

愛液と精液が胎内で攪拌される刺激に、いくつもの火柱が脳内で立つ。木に打ちつけられるほど激しい律動に、女の下の口は号泣を強いられた。

「ひッ……ひいーッ！　帯刀、貫いて、かき混ぜて……帯刀の、逞しいのにかき混ぜられる。身体の奥が全部、帯刀の形に成らされる……ハァン！」

ジュブ、グヂュ、ヌチュ、ギュプッ！

丸太ん棒のように太いペニスが強く震えながら、抜き差しを繰りかえす。

動物的な抽送に、伊吹は帯刀の肩に噛みついた。

「～～～～～～～～～っ！」

（イッてる……子宮をかき混ぜられるたび、小さなアクメ感じてるう）

帯刀は全身を使い、伊吹の身体を突きあげる。帯刀の体から滲んだ青臭い汗の匂いが、子宮をきゅんきゅんと疼かせた。

「んっ！　あっ、アゥッ、帯刀、もっと早く突いて……んぅぅ……私のなか……帯刀ので、ぎっしり……いっぱいに……ハァゥッ……もっともっと早くうっー！」

伊吹は震える腕を帯刀の背中にまわし、さらに密着する。

互いの陰毛が絡み合い、黒い炎のように混ざり合った。

「帯刀……んちゅ、ぢゅぅう……ンフ、ンクッ……！」

伊吹はケダモノのように荒々しく唇に吸いついた。

舌を絡め合わせ、唾液を交わす。粘膜を合わせるたび、猛烈な悦びがすべての神経を突き抜けていく。

「伊吹さん、俺……もう……ッ」

帯刀の振幅が短いものに変わる。

掻きだされる精液の青臭さがツンと香った。

「もう一度、私のなかを帯刀のでいっぱいにしてッ！」

絶頂感が破裂寸前まで膨らむ。

伊吹は痙攣しながらのけ反り、帯刀の背中に爪を立てた。

ドビュルル、ビュブ、ビュルルルッ！

「あひぃ、ひぃいいい！　出てるっ。燃えちゃう……帯刀のが、私のなかにいっぱい流れこんできて……ああ、盃たくさん、あふれるっ。ひ、ひぃッ。子宮喜んじゃう、帯刀との盃を交わして……イクッ、いくうっ……ひゃあああああ、盃しゅごぉぉぉいいいいぃぃ！」

間歇泉のような勢いで放出されるスペルマは、とても三発目とは思えない。

濁流のような熱波を浴びた子宮口は何度も切なく痺れ、女を高みへ上りつめさせた。

「蕩ける……私のあそこ、蕩けちゃう……灼けるう……帯刀、アアアッ……帯刀……私の舎弟、帯刀、たてわきたてわきぃ……あああっ、あっ、ああっ、イックウウウウゥゥゥ！」

伊吹の心身は重力から解放されたかのように、どこまでも飛翔させられる。

帯刀の体を強く抱きしめたまま、断続的な痙攣の波紋に流された。

(た、帯刀の精液が私のなかで絡みついて……血肉になってる。……ああ、そうか。この一体感を求めて女と男は互いに求め合うのかっ……)

まだ二人の関係は恋人とは言えないが、将来はきっと。

そう考えると、伊吹の心は熱くなった。子宮口のあたりでモチのような粘りを持った精液が膜を張っているのがわかる。優しい疲労感が心地よかった。

「帯刀、しばらくこのままでいてくれるか。少しでも長く、お前の体を、私の内に感じていたいんだ……」

「それは俺も同じです……ああっ」

柔らかくなりはじめていたペニスから思いだしたように白濁汁が垂れる。

細腰がクナッとたわむ。

「まったく……お盛んなやつだな」

二人は互いに湿り気を帯びた吐息を交わし、唇を交わした。

あふれた子種汁が芝を濡らし、月明かりを受けて淫靡に輝く。

「……どこも変ではないな」

伊吹はしきりに肩ヒモや、スカートを気にする。

「大丈夫だと思います」

と、伊吹はお尻のあたりに手のひらをやっていた。

「お前、指で弄りすぎだ。ジンジン……痺れてる」

「ご、ごめんなさい」

「謝るな。恥ずかしくなるだろっ」

身支度を整えた二人はできるだけ、何気ない風を装って屋内へと戻った。

すでに騒ぎは収まって、帯刀へ向けられる視線はほとんどない。

「ん」いきなり立ちどまった伊吹を振りかえる。

伊吹は少しつらそうに柳眉を撓《たわ》め、下唇を噛んでいた。

「……今、お前のが垂れてきた。でも大丈夫だ。問題ない。そんなにたくさんじゃないからな。でも少し『盃』の量が多すぎたかもしれん……」

と、その時。

「あら。なんだかさっきよりも仲がよさそうねえ」

玉江が進み寄ってきた。グラスを持って、それを一気飲みしてしまう。豪快だ。

「お母様。先ほどはありがとうございました」

伊吹はすぐに『お嬢様』に戻る。

「あれは本当のことを言っただけよ。そうでしょ。帯刀くんは伊吹ちゃんのことを助けただけなんだから。ふふ、それにしても、あんな見事なパンチをお見舞いするなんてすごいわ。この子が、本当にメイドとして仕えてくれればいいのに」

「……………………は？」

「お母様なにを言ってらっしゃるのですか、帯刀は別に」

「えー。タテ子ちゃんでしょ」

「い、いいえ、ですから」

なおも伊吹が言い募ろうとすれば、玉江はちょんと伊吹のお腹を押してきた。

「～～～～～～～～～っ！」

伊吹のものとも思えぬ、可愛い裏声がこぼれる。反射的に内股になり、よろめいた。帯刀が慌てて支える。

しかしさらにお尻を撫であげられる。

「ひゃあん！」

伊吹はあられもない声をあげさせられ、林檎《りんご》みたいに顔を真っ赤っかにした。

「二人とも、あんまり火遊びしちゃダメよ。おイタはほどほどに。それと外でやるとお腹が冷えて大変だから注意してね。あと、後ろはやりすぎは禁物よ」

玉江は笑うと、帯刀の肩にのっていた木の葉を摘んで、くるくると指先でまわす。

「！」帯刀と伊吹はそろって表情を強張らせた。

最終決戦の章　ご褒美は生徒会ハーレム！

「えっーと……そろそろ朝の見回りに行きましょーか」

「フン！」蓮子は不満を漲らせながら立ちあがった。

「……蓮子？」

「行くんだろ、副総長殿ぉっ！」

「は、はい」

帯刀は黒の特攻服に袖を通した。見習いを卒業して、晴れて正式なメンバーに認められた証だ。特攻服の背後の文字は『勇』。

しかし副総長というのは一時的な地位で、つい昨日、任命されたばかり。

『明日、私は八鳥《はちどり》学園のほうへ生徒会交流で一日留守にする。ついては帯刀。臨時に副総長の地位につき、指揮をとってもらいたい』

『俺がですか⁉』

特攻服をもらい有頂天だったところへの、さらなる発表に声が上擦った。

『総長どうしてなんですか。あたしのほうがセンパイなのに。あ、あたしじゃ、力不足だってそう言うんですか。ならすぐに証明します。今すぐこいつとタイマン張ります！……覚悟しろよぉ、帯刀ぃ！』

伊吹はあらかじめ蓮子の反応は予期していたのか、素早く機先を制する。

『レンコン。聞くが、お前が副総長になったら誰が特攻隊長をやるんだ』

『そ、それは……』

蓮子は毒気を抜かれたようだった。

『当然今の状況を考えれば帯刀になるんだろうな』

『こいつに特攻隊長なんて務まるわけない。特攻隊長は真っ先に突っこむ先陣で、グループのいわば顔です。こいつにはいくらなんでも重すぎる！』

『その通りだ。レンコン、わかってるじゃないか。特攻隊長は誰にでも務まるもんじゃない。私ですらレンコン以上に特攻隊長を務めあげられる自信はない。いいか、役職に就く条件は、そのポストに誰が最も相応しいかであって、年数は関係ない。副総長はいわば調整役。たった一日のことだ。……レンコン、お前はすごいんだ。もっと自分の力と担っている役割の重さを考えろ』

『あたしがすごいだなんてそんな……』蓮子は赤面した。

『帯刀のことをよく補佐してやってくれ。期待しているぞ』

『……総長があたしに期待。帯刀を補佐するのがあたしの役目』

『その通りだ。にゃんこたちと衝突したら、特攻隊長の勢いが勝敗を左右する』

『総長、期待！　帯刀の、補佐、するぅ！』

こんなやりとり、前にもどこかで見たことが。

『私、やる！　補佐、する！　ウオオオオォォォォォォォォォォォンン……!!』

というわけで、その時は無事に副総長に就けることになったのだが。

翌日になるとさすがに頭が冷えたのか、蓮子は朝からずっと不機嫌だ。

蓮子の歩き方一つとってもそれは如実に表れていて、いつも帯刀たちを面白がって見ている生徒たちが、今日は肩をすくめ、できるだけ目を合わせないようにしている。

今の蓮子に目をつけられたが最後、原形がわからないくらい顔を粉砕されそうだと怯えているのだ。

これでは巡回じゃなくて、示威行為だ。

「蓮子、ちょっと落ち着いて。俺たちは怖がらせるために巡回してるわけじゃ……」

「うっせえ。あたしに命令していいのは総長だけなんだよ。臨時のサブ助は黙ってやがれっ」

蓮子は犬歯を剝く。まるで手負いのケモノだ。

「おぉっと……出やがったな、風紀ドモ！」

浅葱色の羽織集団と鉢合わせる。しかし全員、あからさまな逃げ腰になった。

蓮子は木刀をふりあげる。

「帯刀。お前はそこで見てろ。あたしがこいつら全員、再起不能にしてやる。くふふふー。総長が留守の間に、うざってえ風紀ドモをぶっとばして壊滅してやるぜ。きっと総長も喜んで――」

「待てよ」

「だあああ！　サブ助は黙ってろよ。特攻隊長はあたしだ。あたしが決める！」

肩に手を触れた瞬間、いきなり拳をふるわれる。帯刀は両手で受けとめる。手のひらがジーンと痺れるくらい重い一撃だった。

「お、俺は仲間だぞ⁉」

「うっせえ！」

繰りだされる拳を躱《かわ》し、受け流す。

「おとなしく当たりやがれ」

「そんなわけにいくかよ。大体、風紀と揉め事を起こすなっていうのは総長からの命令なんだぞ」

「なぬ!?」

帯刀は伊吹から預かった手紙を印籠《いんろう》のごとく突きだす。

「貸せっ」

蓮子はそれを奪い取り、黙読する。

「間違いない。総長の字だ……」

手紙には風紀と揉め事を起こさぬこと、自己の判断で勝手に行動しないこと、非常事態が起きた場合にはすぐに伊吹に連絡して、判断をあおぐこと、それ以外は副総長の判断に任せること、それに逆らった場合は厳罰に処する——等々、記されていた。

「わかったか」

「ぐううう。い、いいか、あたしが手を出さないのはお前に従ったんじゃやなくて、総長の命令に応じただけなんだからな!」

風紀委員たちはホッと一息。帯刀は風紀委員たちに向き直る。すると、そこにいなければならない人が欠けていることに今さらながらに気づいた。

「新城センパイは?」

「それが」メガネの少女が顔を曇らせる。

「家をいつも通り出たらしいんだけど、まだ学校に来ていないんだ」

玉城が言った。

「寄り道なわけないよな」

「まさか。うちの長にかぎってそんなことはありえねえって」

風紀委員たちはみんな、ウンウンとうなずいた。

「それじゃあいったいどうして……」

まさか事故に巻きこまれたのか。でもそれならそれで学校に連絡が入っていいはず。

「もしかしたら昨日のことでなにかあったのかも……」

風紀委員の女子生徒がぽつりと呟いた。

「なにか知ってるのか」

その女子生徒によれば、昨日彼女が塾に行く途中、仁亜子がコンビニでたむろしていた、ガラの悪そうな他校の生徒たちを注意していたのを見かけたというのだ。

「おい。その場所でたむろって羽工《はねこう》のやつらじゃないのか」

「うへえ、委員長、正義感強すぎ。羽工って、マジかよ……」

羽工——市立羽原工業学園《いちりつはねはらこうぎょうがくえん》。その名前は帯刀も知っている。

かなり素行が悪いというので有名だ。

荒れていた時代は清咲と並んで古い。ただここ最近の少子化の煽りを受けて、落ちついてきている清咲にくらべ、羽工はバリバリの現役だ。

清咲は強い猛者《もさ》たちが鎬《しのぎ》を削りながらも、一般人には決して手を出さないやら、信義、スジを通すなどの独特の信条がある。それに辟易した不良たちが集まったのが羽工で、県内では清咲と勢力を二分していう。

そんなわけだから羽工の生徒は金を持っていそうなヤツらを片っ端から締めあげ恐喝に及び、目が会えば喧嘩だ、合わないなら自分から合わせにかかってまでして喧嘩だと誰彼構わず噛みつきまくる。

清咲の勢いがまだあったころは下手なことができなかったが、今はまさに旭日《きょくじつ》の勢いで、県下随一の最強校と自負していると憎々しく語ったのは伊吹だ。

「もしかしてセンパイ、連れ去られたのか」

「誰かが警察を呼んだみたいで、パトカーが来たらさっさと逃げちゃったので大丈夫だと思ったんですけど」

だが今になってもまだ仁亜子が登校していないことを考えると、羽工との関わり合いを考えないわけにはいかなかった。

「よっしゃあ、羽工か。相手にとって不足ナシ。最近調子こいてるから、いっちょ骨の髄まで清咲の怖さ、教えてやるかっ」

「蓮子、待て。まだそうと決まったわけじゃない。それにもし羽工が関わっているなら、これは一大事だ。総長に連絡する必要がある」

帯刀たちは風紀委員たちにこれは生徒会で預かると言い置いて、生徒会室に戻る。

「……羽工のほうにはとりあえず俺一人で行くよ」

「はあ!?　総長への電話はどうすんだ」

「本当に新城センパイが羽工のやつらとトラブったのかはわからない。だからまずは俺が一人で羽工に行ってそれを確かめる」

「総長に逆らうのか。あ、お前もしかして抜け駆けして手柄を横取りする気かっ」

「逆らうわけじゃない。ただ生徒会交流は一年に数回だ。その貴重な機会を不確定な憶測で潰すわけにはいかない。それだけだ」

　帯刀の頭には数週間前、伊吹と一緒に行ったパーティーで自分の短慮のせいで迷惑をかけたことが残っていた。あの時は玉江のおかげで事なきを得たものの、情けない姿をさらしてしまったことに変わりはない。

　だからこそ汚名を返上したかった。伊吹は帯刀のことを信じて、副総長として留守を任せてくれている。その期待に応えたかった。たしかにこれは不測の事態かもしれないが、だからといって伊吹に頼る真似はしたくなかった。

「ならあたしも行く。羽工のやつら、なにをするかわからないからな」

「だめだ」

「なんでだ！」

「蓮子が行ったら話し合いもなにもないだろ。もし羽工が今回の件とまったく無関係だったらかえって争いの元になる。総長がいない間に、なにもしないならまだしも、争いの種をつくるなんてなったらどうなる?」

「うっ……」

「いくら蓮子だって、総長は許さないと思う」

(ごめん、蓮子。でも今回は俺にチャンスをくれ)

蓮子はしばらく悔しそうな顔で呻いていたが、やがて「わかったよ」と乱暴にイスを引きだして座った。

「なにもなかったらすぐに連絡しろよ」

「わかった。それと三十分経っても戻らなかったなら、総長に連絡して欲しい」

さっさと行け、しっしっと追いだされた。


羽工は清咲のある街から電車で十分ほどいったところにある。

特攻服はカバンのなかにしまってある。特攻服姿で不良の巣窟に乗りこめば、話し合いなどできるはずもないからだ。

駅前の商店街を抜けると羽工の校門が見えてくる。外観だけを見れば、それほど荒れた印象はない。だがどこにでもある公立校——と思ったのは、校門をくぐる前まで。

玄関を目指して歩いていると、いきなり五人のいかにもな連中に囲まれる。

「お前、清咲だよな」

「清咲がなんの用だ」

しゃべるたび、脂臭い吐息が吹きかけられた。

五人はまるで五つ子かと思うほど似通っている。眉がなく、目が無駄に鋭く（しかし誰も帯刀の『素』ほどではない）、髪はみんなそろって伸ばし放題。その上ワックスで固め、昂奮したハリネズミ並みにツンツンさせていた。

「聞きたいことがあるんですけど」

「ああっ。ガンつけながらなに言ってやがんだ！」

いきなり肩を突き飛ばされ、たたらを踏む。

帯刀は恐怖で震えそうになる足を懸命に踏み締めた。ここで臆したら相手のペースに呑みこまれてしまう。

「……うちの女子生徒が一人、いなくなったことについてなにか知っていますか。あと、この目は生まれつきなんで、睨んでないです」

帯刀はつとめて冷静に言った。

「ああん？　なんだよ。オレたちがやったっていうのか」

「昨日、こちらの生徒と言い争っていたのが目撃されてるんで、一応」

「目撃？　お前、刑事かよ。それに一応って……オイオイ。俺たちはただの学生だぜ。

お前なんなの。その女って、お前のコレ？」

いやらしい笑みを浮かべながら、突きだされた小指を頰に押し当てられ、グリグリされる。まわりからどっと笑いがあがった。

「違う。俺は清咲の生徒会だ」

「へえ。あんなコスプレ生徒会によく入る気になるよなあ」

奥歯を嚙み締める。蓮子ならこの時点で拳をふるっていただろうと考えて、頭のなかが真っ赤になりそうなのを必死に押しとどめる。

「あれあれ。もしかして怒っちゃった？」

挑発にのるわけにはいかない。相手方が本当になにも知らないなら、ここで帯刀が抵抗すれば問題になる。

「いえ。なにも知らないのでしたら失礼しました」

帯刀が踵を返した瞬間、首筋に硬い衝撃を覚え、ふらつく。

さらに足を払われ、後頭部に硬いものを打ちつけられてしまう。

目の裏で火花が散り、気づけば乾いた地面に全身を押しつけていた。

「オラッ、へたってねえで来い。会わせてやるよ、カノジョさんによ」

男はバットを肩にかけながらにたにた笑う。

前髪を乱暴につかまれ、引っ張り起こされる。

「う、うぅっ……」

意識がぐらぐらと揺れ、手足が痺れてうまく動かない。両腕を左右からつかまれ、校舎へと引っ張りこまれてしまう。

何人もの生徒たちが廊下を徘徊《はいかい》している。授業中らしく教師の声がかすかに聞こえてくるが、それよりも耳を打つのは生徒の私語だ。

それを尻目に連れていかれたのは空き教室。

「せ、センパイ……」

「仙堂くん!?」

仁亜子の目には涙がにじんでいたが、少なくとも目に見えるケガは見当たらない。

「おら!」

尻を蹴りつけられ、仁亜子のほうまで転がされる。

「せ、センパイ、なにもされていませんか」

「私のことよりも、仙堂くんこそ!」

「いえ。これくらい全然……」

「おいっ」

顔をあげれば、さっきの五人のなかにはいなかった男の姿があった。

猛禽《もうきん》類のような鋭い目に短髪。さっきの五人よりは頭がいくらかまともそうに見え、実際そうなのだろう。リーダー格らしい。

「羽工の頭をつとめてる。田代啓治《たしろけいじ》だ」

「……清咲の、仙堂」

「よし、仙堂。今すぐそっちの頭に連絡をとれ」田代は帯刀の携帯を突きだす。「そして言え。助けてくれ、一人でここに来てくれとな」

「どうして」

「今、清咲はただのお利口さんな学校に成りさがってる。にもかかわらず世間じゃ、まだウチは清咲の下だ。我慢できないんだよ。だからカタをつける。おまえらの頭を潰せば俺たちと清咲の関係は変わる。俺たち、羽工がこの一帯を治める王者になる」

「……そんなくだらないことのために、センパイを誘拐したのかっ」

「お前も生徒会の一員なんだろ。そんなこと言っていいのか」

「どっちが強いとか弱いとかくだらない。人をキズつけるほどのことじゃ……ぐぅっ」

脇腹に蹴りを入れられる。口のなかに酸っぱいものがひろがり、身を捩った。

田代は帯刀のカバンから黒の特攻服を引っ張りだし、踏みつける。

「こんなもの着て、得意がってるのか。清咲はとんだ甘ちゃんだわな」

「や、やめろぉっ……」

帯刀は田代の足にしがみつくが、別の男に脇腹を蹴りつけられ、汚い床を転がった。

「仙堂くん！」

全身がズキズキと鈍く痛んだ。重い痛みに手足が痺れる。

「田代さん、そいつボコって、その女マワして、清咲にでも置いてくりゃいいんじゃないですか。ひひひ」

「――だ、そうだがどうする？」田代は冷静に言った。帯刀の反応いかんによっては、それも辞さないと目が言っている。

「俺はなにをされても構わない。でも、センパイにだけは手を出すなっ」

「格好いいねえ。か弱き女を守る正義の騎士様。だけどこれは物語じゃない。ハッピーエンドはないんだぜ」

田代と入れ替わりに、獰猛《どうもう》な笑みを浮かべた男たちが近づいてくる。

「ま、お前の根性がどこまでのもんなのか見せてもらおう」

帯刀は背中に仁亜子をかばいながら、身を固くした。


「そういや、新しいやつが入ったんだって？」

学校案内もとりあえず一段落し、生徒会室でお茶を飲んでいる最中、ふとそんな話題になった。

私立八島学園の生徒会長、島崎茜《しまざきあかね》はベリーショートで少年にも見間違われる凜々しい顔立ちをしている。腕っ節の強さはもちろんのこと、下の者への配慮の厚さからかなりの支持を受けていた。伊吹が認める数少ない頭の一人だ。

「なかなか気骨があるやつだ」

伊吹は帯刀のことを思いだしながら言った。

もし帯刀のことを想っているのだと打ち明けたら、茜はどんな反応をするだろうか。今まで浮いた話のなかった清咲の総長が色恋なんてと呆れるだろうか。

帯刀のことを考えると、口もとがにやついてしまう。

「でも一人っきりか。それじゃあ、どっちみち立ちゆかないだろ。……なあもっと洒落たもんでも着てみたらどうだ」

「これも伝統だからな。私らは最終的に消えても、精神だけでも残したい。私の不徳ですべてが断ち切られてしまうのはもっとも避けなければならないことだ」

「……かといって羽工みたいになったらおしまいか。最近あそこの頭が変わって、かなり粋がってるらしい。後輩たちのためにもなんとかしたいもんだ」

「協力しろということ？」

「元気な男の子は地元を制したら、すぐ外に目を向けるぞ。早めに押さえておかないと後々面倒だ。清咲の伝統からいえばそうなるだろ？」

「……そうだな」

帯刀と蓮子の顔が脳裏をよぎる。

いざとなれば、清咲からは自分一人が参加すればいい。もしもの時の汚れ役はすべて引き受けるつもりだ。

帯刀と蓮子が生徒会に入ったのは伊吹がいたからだ。そして清咲の伝統に拘っているのは伊吹だ。それなら、二人を後々まで恨みを買うようなことには巻きこめない。

(こんなことを私が考えていると知ったら、帯刀のやつ怒るだろうな)

「どうした」

「……いや。もし羽工と一戦交えるとなると久しぶりの実戦だと思ったんだ」

「『清咲の紅桜』のホレボレするような喧嘩っぷり……久しぶりに堪能できそうだな」

と、そこへ生徒会の役員が飛びこんできて、清咲から電話があったことを告げた。


意識が朦朧としている。痛いというよりも、全身が熱かった。

まだ手足は動く。とりあえず、骨に異常はないらしい。

ただ口のなかにひろがる酸っぱいものと鉄の味が混ざり合い、胸が苦しかった。

視線を巡らせれば立ちはだかるのは散々人を袋にしたやつら。

仁亜子の青ざめた顔が視界に入る。

仁亜子はずっと帯刀が袋にされているのを見せられたのだ。

自分が仁亜子にあんな表情をさせているのだと思うと、情けなかった。体の痛みよりもそちらのほうがずっとこたえる。

そこへ田代が頃合いを見計らったように入ってくる。

「どうだ、協力する気になったか？」

「こ、断るっ」

「しぶといな」

「やっぱり女を犯《や》ったほうがいいんじゃないっすか」

「やめ……ろぉ……っ！」

帯刀は床を這いずり、男の足に飛びついた。だが腕に力がぜんぜん入らない。

たちまち四方八方から足蹴にされて引き剝がされてしまう。

仁亜子を守れずして清咲の生徒会の人間といえるか。伊吹からの命令に逆らってここまで来た。仁亜子をキズつけるなんてことは絶対にあってはいけない。

「田代さん、清咲の会長が来ました！」

後輩の報告に田代は笑みを浮かべた。

「何人で来た」

「二人です。バイクに乗って……。『八鳥《はちどり》の鬼姫《おにひめ》』が一緒です」

「八鳥を潰す手間もはぶけるな。よしおまえら行くぞ」

田代の檄に答え、男たちが猛獣のように吼える。

帯刀と仁亜子は運動場へ引っ張りだされた。

「帯刀っ」

伊吹が声をあげる。そのそばには単車に乗った見慣れぬ美少年がいた。

「総長、すみません……ぐぅっ！」

帯刀に男がのしかかり、無駄口をたたかせまいと腕をねじあげられる。

「こりゃあ、お二人さん、おそろいで」田代がいやらしい笑みを浮かべた。

「ふざけた真似してくれるじゃないか。うちのに手を出したってことは行くところまでいく覚悟、あるんだろうなっ」伊吹は殺気で全身をわなわなと震えさせていた。

「こっちは逃げも隠れもしない。タイマンといこうぜ。俺が勝ったら、あんたらはうちの傘下に入ってもらう。あんたが勝てばこいつら二人を解放する――どうだ？」

「そんなことのために、うちのに手を出したのか」

「ふん、あんたもそこのやつと同じことを言うんだな」

「当然だ、そいつは私の舎弟だからな」

「舎弟ねえ、お気に入りのこれってことかぁ？」田代は親指を立てた。

「お前には一生見つからないパートナーだ」

「……じゃあ、そのパートナーとやらを助けるためにせいぜいガンバルんだな」

「武器はなし。使うのは素手のみ」

「よしっ」

両者は睨み合う。立ちこめた緊張感に、帯刀はもちろんまわりの不良たちも息を呑んだ。

最初に繰りだしたのは田代。素早い身のこなしでジャブを打ちこんだ。

伊吹はそれをよけ、頭を狙って峻烈な上段蹴りを見舞う。

田代は膝を曲げ、回避する。

「大した反射神経だな」

伊吹はいつでも次の行動に動けるように両足を折り、上体を低くして身構える。

「『清咲の紅桜』に褒められるったぁ、光栄だ！」

田代は、伊吹の懐深くに入り、その顎めがけアッパーを繰りだした。

伊吹は体重を左側へ寄せ、身体を転がらせた。田代はすぐに追いかけて足で伊吹の頭を潰そうとする。

しかし伊吹はハンドスプリングの要領で素早く起きあがり、距離を取った。

と、まわりが騒がしくなるのを感じて振りかえれば、いきなり運動場のど真ん中ではじまった決闘に、他の生徒たちが授業そっちのけで集まっていた。

「盛りあがってきたな」

「くだらん」

「テンション低いな。戦いは嫌いか」

「……これは戦いなんてそんな上等なもんじゃない。くだらん喧嘩だ」

「なら、さっさと終わらせようぜ。その綺麗な顔を汚してやんよ」

「ゲスがっ」

田代の放った拳撃が伊吹の腹へ一直線に伸びる。

「くそがッ！」

田代が叫んだ。伊吹が腹部への一撃を受けとめていた。

田代は決めきれなかった右手をそのままに、左手を振りあげ、伊吹の顔面へ突き刺そうとする。しかし伊吹はそれを読み、頭をのけ反らせる。高い鼻梁を拳が掠めた。

「らぁッ！」

田代は上体をひねり回し蹴りをくりだす。伊吹は重い一撃に顔を歪めながらもそれを左腕で受けとめ、相手のみぞ落ちを穿《うが》った。

伊吹は相手に反撃のスキをあたえず、ヘッドバットをたたきこんだ。

田代が額を押さえてよろめく。

伊吹は田代へ肉迫し、その頭を引っつかむと膝へ叩きつけた。

「だぁっ!?」

強烈な膝蹴りを顔面に浴びせられ、田代は鼻血を噴きあげる。

「ぐ、ぐらぁあぁぁあああぁぁぁあああっ！」

それでも田代は崩れず、ケダモノの猛りをあげてなおも攻撃をしかけてきた。だが半ば意識が飛んでいるのは白目を剝いている目からして明らかだ。

その拳はもはや攻撃の体をなしてはいない。

遠近感覚もなくして、拳が空を切る。酔っぱらったように前後に体を揺らす田代の死角より、伊吹がローキックを繰りだした。

田代は片足をすくいあげられ、頭から落ちて、ぴくりともしなくなった。

「……勝負は決した」伊吹は自分を見つめるすべての生徒たちへ宣言した。「さあ、人質を返せ！」

「う、うるせえよぉっ」

仁亜子がナイフを突きつけられて悲鳴をあげる。

「清咲のくそが。動くんじゃねえ。動いたら、こいつをぶっ殺してやるからなっ」

「貴様らッ」

「来るんじゃねえぞ、いいな。少しでも近づいたらぶっ殺すぞ。おい、清咲の会長、服を脱げ……そんな色気のねえもん着てるんじゃねえ」

「人質をとってすることがそれか」

「早くやれ。この女をズタズタにしちまうぞ⁉」

伊吹は硬い表情のまま特攻服を脱ぎ落とす。サラシだけを巻きつけた、スレンダーな上肢が白日の下に曝される。男たちが欲にまみれた歓声をあげた。

「よし、次はサラシをはずせ、デケえチチを見せるんだ」

伊吹がサラシに手をかけたその時、騒がしさが耳を劈《つんざ》く。

その騒音に注意がそれた一瞬の隙をつく。

「どけっ」

帯刀は身をよじる。虚を突かれた男の束縛から両腕を自由にすると、肘鉄を食らわせた。

仁亜子の元へ駆け寄り、ナイフを突きつけている男の脇腹に回し蹴りを突き刺した。男の腕から仁亜子が逃れる。

「センパイ！」

帯刀は仁亜子の腕をつかみ、自分のほうへ抱き寄せた。

「て、てめえっ」

ナイフを持った男は目を血走らせ、追いすがる。

「もう勝負はついてるぜ」

美少年が、帯刀と男の間へ乱暴に単車を乗り入れてくる。土埃《つちぼこり》が巻きあげられ、男はもろにそれをかぶった。

「くそがぁ死ねやウラアアァァァ！」男はナイフを押し立て突っこんでくる。

だが、ビュンと風切り音が吹き抜けると同時に、上空から人影が迫った。

男は顔をあげる。

「げぼぐぅわぁ!?」

男の顔面が歪む。飛翔し、刺すように急降下してきた伊吹のひざ蹴りが炸裂したのだ。男は鼻腔から散水機のように鼻血を撒き散らしながら地べたを転がった。

「く、くそがああ！　やっちまええええええ！」

野次馬の誰かが叫んだかと思えば、それまで傍観者だった三十人あまりの不良たちは一斉に牙を剝く。

だがその出鼻は、いきなり突っこんできた単車の集団によって挫かれる。

甲高い排気音を響かせ、ウィリー走行で不良たちを追いまわし、容赦なくはね飛ばしまくる。

「な、なんなんだ、これ……」

帯刀が啞然とすれば、突然そのバイクの群れから抜けてきた一台が近づいてくる。

運転手は特攻服に身を包んでいた。黒地のなかで虎が躍っていた。

運転手はフルフェイスを脱いだ。

「あろは〜」

「母さん!?」

「ったく、手間かけさすんじゃないわよ」

蓮子が今日子の後ろから顔を出した。

伊吹が走り寄り、帯刀と仁亜子へ素早く視線を這わせる。

「帯刀、そのケガ……」

「平気です。見た目ほど、ひどくはありませんから」

そうかと伊吹の強張っていた表情が弛緩する。

そしてすぐに今日子に向き直り、深々と頭をさげた。

「お手数かけて申し訳ありませんでした。ご子息を預かりながら……いえ、そればかりか、総長として生徒を守らなければならなかったはずが、この体たらく。先輩方に力を借りなければならなかった不明をお許しください。すべて私の責任ですっ」

「顔をあげなさい。伊吹ちゃんはよくやった。最善を尽くしたわ。……現にほら、タっちゃんはボロぞうきんみたいだけど、お嬢さんは無キズなんだもの。問題ナシ。あなたは総長としてやれる限りのことをやったわ。自分の恥となることも厭《いと》わず、私たちに助けを求めてくれた。無謀と知りながら馬鹿正直に単独でのりこんでいたら、その瞬間からもう伊吹ちゃんに人の上に立つ資格はないわ」

「姐さんっ……」伊吹は鼻を小さくすすった。

「それに、みんな久しぶりのカチコミで、いい息抜きになってると思うから。一つの学校を潰すなんて、何年ぶりかしら。ふふっ」

「み、みんなって……それじゃあこの人たちって全員」

帯刀は砂埃を巻きあげる単車の群れを見た。

「私の同期や後輩たちよん。どのくらいの規模かわからなかったからとりあえず連絡がつく限り集合かけたけど……」と、携帯の着信音。今日子がのんびりと出る。「はいはい今日子でぇーす。……あーら、雅《みやび》、久しぶりじゃない。うん……うん……ああそこからだったら、しばらく直進したら十字路が見えるから、そこを左折して……そうそう、すぐわかると思うから。早くしないと他の子たちに手柄もってかれちゃうゾ。あん、キモいなんてひっどーいっ」にこにこしながら電話を切った。

と、今日子の元へ数台のバイクが横づけされる。

「今日子。とりあえず運動場の制圧はすんだけど、校内はどうすんの」

「全部潰せ」今日子が鋭く応える。

「りょーかい、総長。——おらぁ、いくぜえ！」

すぐに数台のバイクはそのままの状態で校舎に乗り入れていった。

「今日了姐さん、今の昇り龍の特効服……、『清咲の独眼竜』ですか!?」

「そっ。でもちゃんと目は二つあるでしょ。たまたま大きな抗争の時にものもらいで眼帯してただけだから……んじゃ、私も指揮とんなきゃならないから行くわね。……おらああ、野郎ども、血の道つくりなっ。『清咲の黒虎』が通るぜえっ！」

今日子が拳を振りあげ、雄叫びをあげる。十数台のバイクがそれに和し、今日子につづいて校内へ次々と突貫していった。

「ひ、非常識すぎる……」仁亜子が額に手をやりながら、呟く。

「帯刀、ひどい顔だな」

伊吹が頬に触れる。痛みに顔を歪めた。

「すみません、こんな情けない姿で――」

どんと体当たりする勢いで伊吹が抱きついてきた。

痛いくらい抱きしめられる。彼女は震えていた。

「総長、すみません」

好きな人を自分の短慮のせいでまたも心配させてしまった。下唇を嚙む。

「ば、馬鹿野郎がっ」伊吹が吐き捨てるように言った。

「ほんとうにすみませんでした、総長っ……」


帯刀たちはすべてが終わるのを見届け、清咲に戻った。

この場には伊吹、蓮子、仁亜子の三人が揃っていた。

「覚悟はできているんだろうな」

伊吹と蓮子の厳しい表情の理由を、仁亜子は呑みこめていない。

「待ちなさいよ。どうして仙堂くんが責められるの」

「……帯刀には一大事が起きればすぐに連絡するように言っておいた。それにもかかわらず身一つで羽工に向かい、挙げ句に捕まった。これは明らかな命令違反だ。だからバツを与える。レンコン」

「はい、総長！」蓮子が手をポキポキ鳴らした。

「待って！　元はといえば私が捕まったからで……」

「にゃんこ。私はなにも帯刀の行いが間違っていたなんて思ってない。帯刀へバツを下すのはあくまで、命令違反が原因なんだ」

「つまり、どうやっても仙堂くんを処罰すると言うのね」

「そうでなければ示しがつかない」

「わかった。……それなら私が癒すわ。責任を持って」

仁亜子はそう宣い、神妙に正座している帯刀にぎゅっと抱きつく。

「おい、にゃんこ！」

「仙堂くんのおかげで私はあいつらに手を出されずにすんだのよ。たしかに仙堂くんは伊吹との約束を違《たが》えたかもしれない。でも私にしてみれば恩人よ。伊吹がこの子を処罰するというなら、同じくらい私が癒してあげるっ」

「センパイ!?」

「さあ、殴るなら殴りなさいよ。仙堂くんのことは私が守るんだから」

「そ、総長」蓮子は、伊吹を見やる。

当の伊吹はといえば、背景にゴゴゴゴゴ……という文字が見えてきそうなほどの闘気を立ち昇らせた。

「たーてーわーきぃー……おまえ、いったい、にゃんことなにがあったんだ。ひとが死ぬほど心配している最中に、おまえたちはなににふけこんでいたんだ、ああん？」

ドスを利かせた伊吹の声。背筋が冷えた。

「ご、誤解です。なにもありません……ってか、センパイ。胸が……胸がすごくあたっちゃって、ちょっと、これ、今は、まずいですっ」

「仙堂くんは私が守るから」

「ちょっ……センパイ、聞こえてますか!?」

しかし今の仁亜子は帯刀にしがみつくことに全力投球で離れてくれない。むしろさらに密着度を増して、たわわな量感を誇る乳房をぐりぐり押しつけてきた。

「私がどんな思いで駆けつけたか……帯刀が捕まったと聞いてどれだけ怖かったか

「……帯刀いいぃぃぃぃぃぃ！」

紅い特攻服をまとった鬼が降臨した。

「レンコン。すぐににゃんこを引き剝がせ！」

「了解」

「いやよ、いや。私だけが今の仙堂くんを癒せるのよっ」

「なに言ってるんだ、にゃんこ。お前なんかにできるわけないだろ。いいか、帯刀はな、私のことが好きなんだ。私以外に癒せるやつはいないんだ」

だが仁亜子は、今の帯刀は自分しか癒せないのだと強情を張る。

「だったら勝負だ、どっちが帯刀を癒せるか」

「いいわ、私が癒してあげられるってこと見せつけてやるんだから」

「総長、あたしも手伝います。こんな風紀女に負けないでください」

「レンコン、よく言った。生徒会の人間のことは生徒会でケリをつける。風紀委員の好きにはさせせんっ」

伊吹は特攻服を脱ぎ、スカートを捨てた。美しく鍛え抜かれた牝豹のごときボディを飾るのは武骨なサラシと、それとは対照的な華やかな赤いショーツ。

蓮子は未成熟な蕾を思わせる肢体ながら、柔らかな輪郭線を明るいレモンイエローの下着でいろどる。表情とも相俟って小悪魔チックな印象があった。

仁亜子は日本人離れしたダイナミックな規格外スタイルを、純白の下着で包んでいる。ハーフカップブラからはみだした迫力満点の乳丘が存在を主張している。

寝転がされた帯刀は、自分を見つめる三人の美しい身体をあおぎ見た。

「帯刀。お前を癒せるのは私だけだ」

「総長に恥をかかせるんじゃないぞ」

「仙堂くん。怖がらなくてもいいよ。素直になってくれればいいんだからね」

伊吹、蓮子、仁亜子はブラをはずし、乳肉をまろびださせた。

伊吹は三人のなかでひときわツンと生意気そうな乳肉で、蓮子はささやかな起伏ながらプリプリと弾力感にあふれ、乳首が大きめ。仁亜子の美巨乳は自重で肉稜線をたわめながらも、見るからに色気のある重量感をたたえていた。

帯刀が六つの実りに見入っていると、あちこちから手が伸び、帯刀はあっという間に裸へ剝かれてしまう。

パンパンに充血した生殖器が勢いよく飛びだした。

「帯刀、お前のを包んでやるぞ……ん……どうだ、お前の好きなおっぱいだぞ。これで、余すところなくほぐしてやるからな」

伊吹は身を乗りだし、屹立する怒張を乳肉で挟みこむ。

深い谷間からひょっこりと顔をのぞかせる亀頭から早々と先走りが滲んだ。

「総長、あたしも協力しますっ」

蓮子は帯刀から見て左側に寄り添い、乳房を脇腹へ押しつけてくる。

「ああっ。蓮子の肌、ツルツルで気持ちいい」

「くふふー。蕩けちゃう顔しちゃって。やらしいやつね」

「帯刀。見ろ。私のオッパイがお前の太いのを食べるぞ。どうだ。お前のが私のなかでやらしく震えて、フフフ……エッチなおつゆが私の胸を濡らしてる。こんなものを身体に備えているなんていやらしいな。」

逞しい雄渾がホイップクリームのような滑らかな質感の双乳に包まれる。

ゴツゴツした陰茎を優しく包みこんでくれる乳肉の柔らかさに、帯刀の口からあられもない声が出てしまう。

「仙堂くん」

「ぶが!?」

顔面に、百センチ近い乳房を押しつけられる。すっかりコリコリになった乳首が顔を舐めあげた。

「私のほうが伊吹の何倍もおっぱいが大きいっていうのは知ってるでしょ。私のために怪我をしてくれてごめんなさい、そしてありがとう。仙堂くんの痛みを少しでも癒してあげられるようにガンバルから……だから、遠慮しないで、私で思う存分感じて」

重々しい胸丘がのしかかる。なめらかな柔肌と小石のように硬い乳首の対比に体が震える。口を開き、ツンと突きでている乳頭を噛んだ。

「はあっ……あああぁンッ！　仙堂くん……いきなりそんな強く噛んだら、だめえ。ひいいッ、先っぽは敏感だからぁっ！」

仁亜子は身を捩り、上体を逃がそうとする。

「センパイ、いかないで」

帯刀が追いかけ、両手で片乳をつかむと、噛んだせいでさらに充血具合を強くした乳頭をむしゃぶった。

「だめえ！　歯を立てたら、あ、ああッ……き、気持ちいい。オッパイの先っぽ、い、いじめたら、らめえ。あ、はあっ……びくって震えちゃうの……あん、そんなに美味しそうにしゃぶられちゃったらビクンってしちゃう！」

仁亜子は金髪ポニテを揺すりあげてのけ反り、目蓋を赤らめた。

「私がせっかく胸で挟んでるのに、にゃんこに夢中になるんじゃないっ」

伊吹は乳圧を加えながら、カウパー腺液を搾りだす。さらに鈴口を尖らせた舌先でトントンとノックするみたいに責めてくる。

「あああ！　そこ敏感っ……ひいっ……総長ぉ！」

「ここが弱いのは百も承知だ、この浮気者……んちゅ、ちゅぱ、ぺろ、んふ、むふうっ……お前の暴れん坊は私の胸のなかだ……それを、んちゅるう……肝に銘じろ。ふふ、ひくひくして可愛い小穴だな」

伊吹は髪を掻きあげ、ひくつく尿道口を丹念な刺激で慰める。

帯刀は震える腰を思いっきり突きだしたが、なめらかな乳肌に弾かれて腰椎がジーンとしびれた。

「はあっ！」

いきなり胸もとで弾けた悦びに、帯刀は情けなく声をうわずらせてしまう。

「くふふー。情けない声あげるなよな」

「れ、蓮子」

蓮子は帯刀の乳首を刺激していた。片方は甘噛みしながら、もう一方は手でティッシュをこよるようにコリコリとくすぐられる。

股間や乳首で弾ける快感に、仁亜子の乳暈をなおさら強く噛んでしまう。

「あぁぁぁん！」

仁亜子はビクッと全身をうねらせる。

「ひッ……ひぃッ……仙堂くん、ふぁっ、あンッ、片方ばっかりいじめられたら、オッパイの形が左右で違っちゃう。両方……味わうなら両方にしてぇ」

「わかりました」

帯刀はとても手には収まりきれないほどの見事な巨峰をわしづかめば、両方の乳首を絞るようにして、一つ所にギュッと寄せ合わせた。

「はあん！　乳首、コリコリ……あん、擦れて……いぃっ！」

「センパイのオッパイすごく柔らかくて、ぷりぷりして、大きくて……甘いです」

乳首ばかりか、乳肉まで頬張る。歯ごたえ充分で、果肉はどれだけ食べても飽きを知らない。

「ふあああっ……はあンッ……ムフゥッ……はあぅ。そんなにいっぱい、パクパクされちゃったらオッパイ、張ってきちゃう！」

青い瞳を潤ませ、仁亜子は下唇を嚙み締めた。

「帯刀、なんだ、にゃんこがそんなにいいのか。でもにゃんこはこんなことしてはくれないだろ……あむ、うむぅっ！」

伊吹は亀頭冠ばかりか幹の半ばまで、たちまちのうちに頬張ってくる。口のなかは燃えあがっているみたいに火照り、粘膜にその熱がじわじわと染み入ってきた。

「い、伊吹さん……俺のを食べっ!?　はあああああ……！」

口腔の温かさや、うねる舌ベロのザラザラした触感が敏感な肉幹をこれでもかと責めたてる。

「んぐ、……むぐぅ……んちゅぅう……ンフッ……ふ、太い……帯刀のすごく大きい。

口のなかでびくびく震えて、いやらしい匂い……牡の、ケダモノの匂いが、濃い。たくさん口のなかに、ひろがってきて……うむ……むううっ」

伊吹は頬をへこませ、ジュルリッと吸引してきた。陰嚢《いんのう》がキュンッと弾み、先走りがドロリと溢れでてしまう。

「ちょ、ちょっと伊吹、あなた、仙堂くんのをそんなに深く咥えこんで……なんて、う、羨ましいっ！」

「これは私のだ。私だけが味わう権利があるんだ。誰にも渡す気はない」

仁亜子と伊吹が火花を散らす一方で、蓮子がすべやかな餅肌をまんべんなく擦りつけてきた。

「あたしだって胸だけの女に負けるか。あ、あたしはお前が……ンゥッ……はじめての相手なんだからな！」

「あ、ああっ……蓮子の身体、気持ちいい。乳首がコリコリって、脇腹に押し当てられて……すべすべ……蓮子の身体……ぷにぷに……痛ぁっ！」

目の前で火花が弾けた。蓮子が乳首を強く嚙んできたのだ。

「誰がぷにぷになんだよ、誰がっ。調子にのるんじゃねぇよ……んちゅ、チュパッ！」

敏感な乳首を責められ、口いっぱいに乳房が押しつけられ、男根にむしゃぶりつかれる。悦びの三重奏に帯刀の昂奮のボルテージは否応なく上りつめた。

「んふぅ！　やらしい腰遣いだな。口のなかを穿られてるぞ……ンゥゥゥッ！　で、でもそれだけ感じてるってことなんだろ。ほら、しゃぶってやる。全部、私が受けとめるから、お前はただ感じていればいい」

伊吹は獣茎を根元まで呑みこみ、惜しげもないディープスロートで応えてくれる。今の彼女は清咲の総長ではなく、純粋な帯刀だけの存在に徹してくれているのだ。

帯刀は腕を伸ばし、蓮子の片乳をつかんだ。

「ひゃあぁあん！　ば、バカぁ……いきなりなにするんだ……ダメ……乳首、コリコリいきなりやるなぁ……あ、ンゥッ！」

蓮子は快感に咽びながらも、乳首へのしゃぶりつきはやめない。

「センパイのおっぱい、もっといっぱい食べたい……あむ、あむぅ、んちゅ、やわらかい、歯触りも舌触りもいいです。センパイのオッパイ、ジューシーで大好きです」

「やっ……やあぁん。オッパイがジューシーだなんて……せ、仙堂くん、味見しないでぇ。そんなふうに言われたら恥ずかしいの。風紀委員なのに、オッパイでどんどんエッチになって、んふぅ！　校内なのに乱れちゃう！」

仁亜子は悦びに身悶えながら乳房を押しつけてきた。汗の流れた女性の肌はモチモチ具合が最高で、手にぴちぴちと吸いついてきた。

「帯刀、お前は私の舎弟だろ……ジュブ、グポ、ゴポポッ、ングゥッ！」

伊吹による激しいディープスロートにさらされて、腰がカアッと灼けついた。

「あああ……伊吹さん、で、出るう！」

昂奮の数値が振り切れ、全身を痙攣の波が襲いくる。

伊吹の口腔に根元まで食べられてしまっている陰茎が痙攣し、何度も伸びあがって子種汁の噴火を起こした。

「ンゥゥ、ムウウウゥッ……！　た、たくさん……帯刀の精液、生臭いのがいっぱい……ングッ……ムゥッ……口のなかに……ンフッ……出されて……アァン、熱いの、いっぱい口のなかに染み入ってくるうっ……」

伊吹は恥じらいながらも、おびただしいミルクをぐびぐびと飲み干していく。瞬きを多くしながら、細い喉を何度もうねらせながら、情欲の塊を美味しそうに啜った。

「んちゅぅ……ごく、ごくごくっ……ん……ちゅぅ……うぅ～～～～ンっ！」

伊吹は上目遣いで帯刀のことをじっと見ながら、口唇を吸盤のように亀頭へ張りつけ尿道口の残留粘液まで余さず吸いつくして顔を離す。

口唇から解放された瞬間、まだまだヤル気に満ちあふれた肉茎が飛びだした。

「さあ、帯刀。この硬いもので私のを貫け。私がタップリ、慰めて……」

伊吹は立ちあがり、カチコチなままの砲身を見つめる。だが。

「待って総長、最初はこのあたしに。だってあたしは特攻隊長だから、先陣を切るのはいつもあたしの役目だからっ！」

蓮子はうつ伏せの格好で、尻を高々と持ちあげて、犬のようにケツをふりふりと揺らす。帯刀によく見えるように突きだした陰唇はお漏らしをしたみたいにびちょびちょに湿り、下着を黒々と濡らす。肌色がかすかに透けて見えた。

「……わかった。まずは特攻隊長からだ」

帯刀は肉づきが薄いながらも人一倍、劣情を滾らせた濡れ染みに感化される。思わず仁亜子を押しのけ立ちあがると、蓮子の腰をつかまえた。あらためて蓮子の身体の小ささを実感する。抱きしめれば、彼女の身体は簡単にすっぽりと腕のなかに収まってしまうはずだ。普通の狂犬ぶりとこの愛らしいコンパクトさは結びつかない。

「帯刀、来い。お前のチ×ポが、本当に総長に相応しいか、この特攻隊長、芙蓉蓮子が確かめてやるぜ！」

帯刀は根元まで伊吹のヨダレにコーティングされている肉棹をつかむと、押しのけた下着からのぞいたピンク色の粘膜層へ突入した。

グジュ、ジュブ、ズッ、ズブズブズブ！

「あああぁ……入るうぅ……帯刀の、ふ、太いの……アアアッ、この感覚、あたし、覚えてるぞ。ああっ……あの時よりぜんぜん、大きくなって……お腹、張るう！」

膣肉に突き刺さった肉棒の一撃に、蓮子はいやいやをするようにかぶりを振った。

蓮子のなかはまだ男を受け慣れていないせいかよく締まり、胎内は熱々だった。

「うわあ。蓮子のなか、すごくきつい……うぅ、すぐに襞が絡みついてくる」

充血して笠をひろげた亀頭冠に、蓮子のなかはあまりに狭隘《きょうあい》で、それだけに掘り甲斐があった。一突きごとにざわめく柔襞が殺到する。高圧の快感電撃がほとばしり、足の親指に力を入れて体勢をなんとか保つ。

「仙堂くん、ひどいじゃない。いきなり押しのけるなんて……」

仁亜子がほつれた金髪をかきあげ、生白い肌をくねらせる。

彼女はうつ伏せになってうずくまっている蓮子をまたぐ格好で帯刀と向かい合うと、みずからの爆乳を両手で下支えし、帯刀の顔面に押しつけてきた。

「あ、ああん。やっぱり仙堂くんの顔、私のオッパイに合ってるのかも。あなたの鼻や唇、歯がね、私のオッパイの気持ちいいところを刺激してくるの。メガネ顔じゃなくて、オッパイ顔ねっ」

仁亜子は目尻をとろんとさせながら帯刀の頭を押さえて、乳肉へ押しつける。顔面が柔乳へ食いこむたび、特大白玉の表面がぷるぷると揺れ乱れた。

ねっとりとした女の匂いが鼻腔へ殺到する。

「んむ……ん……ぷはあ。いきなり押しつけないでください、息ができなくなっちゃいますからっ」

なんとか顔を出したが、谷間から鼻をひょっこりのぞかせるのがやっとで、あとはほとんど乳肉に埋まっている。

「仙堂くんの熱い吐息がオッパイにかかって……んん、それだけで気持ちいいっ」

「こ、こらぁ、帯刀ぃ。そんな柔な腰の振り方じゃあ、総長を満足させるなんてとてもできないぞ。もっとちゃんと、しゅ、集中しろよぉっ！」

「わ、わかってる」

帯刀は仁亜子の乳丘の谷間に顔を半ば埋めながら、腰を突きだした。肉棒が膣壁を割り開くたび、敏感な粘膜で快感電流が弾ける。

「はあっ……あああん！　い、一番奥まできた。ふ、深い……ところに硬いのがブスって突き刺さるっ」

帯刀は腰を引いた。襞の波が大きくなり、亀頭を揉みくちゃにされてしまう。背筋がひきつるような電流がほとばしった。

小さな陰唇を無理から押しひろげる帯刀の分身。柔襞を引きずることにより、割れ目から剝き出しになる膣粘膜が淫猥な印象を引き立たせた。

「お、おい、総長がたったそれだけで満足すると思うのか。総長を満足させるにはもっと動かないとダメだぞっ」

蓮子はみずから腰を振り、ゴツゴツした肉槍を膣壁に擦りつけながら鼻を鳴らす。

白いお尻が咥えこみにくる貪欲さに感化され、勃起はさらに逞しさを増した。

「ひいい、お、大きくするなぁ……バカぁ！　あそこが、裂けちゃうだろぉうがあ！」

帯刀が腰を押しだそうとした瞬間、お尻の割れ目の奥に違和感を覚えた。

「そ、総長!?」

「帯刀……んちゅ、ちゅぱ……おしりの割れ目の奥、汗かいてるな……」

伊吹がその美貌を尻のなかに半ば埋め、懸命に舌を動かしていた。

(嘘だろ。風祭グループの令嬢で……清咲の総長の伊吹さんが、俺のお尻の穴を舐めてるのか!?)

むず痒い舌触りに混じって、熱い鼻息が吹きかかる。ゾクゾクした戦慄が背筋をはいのぼり、それに背中を押されるように腰を押しだした。

「きゃうぅ！」

突然、ペニスを繰りだされ、蓮子が無防備に喘いだ。

「蓮子のなか、狭くて……ああ、少しでも腰をひくだけで……うぅぅ、全部引っ張りだされちゃいそうだ」

狭隘な陰唇が積極的な蠕動を繰りかえし、腰が抜けそうになる。それに柔襞の絡みも深く、ピストンの回数をこなすことができなかった。

「ふふ。お尻、刺激してあげると……可愛くひくひくしてるじゃないか。フフ。なんだ、男もケツで感じるんだな」

菊穴を無理やり押しひろげる舌の感触に腰に力が入る。

「お尻、だめです。総長。お尻は、そんな深いところまで舌を入れたら……こ、こんな……きた……汚いです」

「私もたしか、同じことを言ったよなっ」

伊吹は前のガーデンパーティーでの仕返しとばかりにアヌスを責めたてる。

帯刀は火の玉のように熱い蓮子のラビアを無茶苦茶に突きあげた。

パンパンパンッ！

「ひいい。た、帯刀ぃ、いきなり激しすぎる。奥、そんなに叩くな……あひい、お腹、燃えちゃう。お前の熱くて、太いの、たくさん、かき混ぜられて……あああンッ！」

強く腰を叩きつけ、ねじこめば、蓮子のお尻がぷるぷると揺れ弾んだ。本気汁がボトッボトッとこぼれる。

「帯刀。んちゅ、……ちゅるう……お前の体ならどんなところでも私が癒してやる。お前は私の舎弟だ。舎弟の一切合切はすべて、私の管轄だ。だから綺麗にしてやるぞ。お尻の穴だって汚くない、舎弟の体なんだからな……んちゅ、ぺろぺろ……えろぉっ」

念入りなお尻掃除に、帯刀は喉を絞った。

「仙堂くん。もっとあなたの顔を押しつけて、オッパイ……もっと、グリグリして。二人にばっかりだけじゃなくて、オッパイもちゃんと感じて」

仁亜子のオッパイクッションにぐりぐりと顔を押しつける。

肌の甘さと汗の酸っぱさが綯い交ぜになった。思いっきり呼吸をすれば体中に仁亜子の濃厚な発情臭が充ち満ちていく。

「ひあ、帯刀ぃ！　あ、ああっ、は、激しっ。お尻……当たって、パンパン、ひい、叩かれて、奥も一緒にズンズンされて、パンパンとズンズンって、イィ。感じる……きひい、奥いっぱいかき混ぜられて……アヒイィィーーーーーーー！」

締めつけの強さに、蓮子のお尻に食いこませた指先に力がこもった。

肉体同士がぶつかり合う生々しい音が性感をいっそう強めた。

「くう、し、締まりが強く……。蓮子、お前、また漏らしちゃうのか」

「バカッ、い、言うなぁっ」

蓮子は指を嚙みながら、過敏に反応した。

膣は断続的に戦慄きながら執拗な淫らさで肉の幹に絡みつく。

帯刀は手探りで蓮子の肉芽を摘み、同時に膣前庭に穿たれた小穴を圧迫した。

「ああンッ！　帯刀、ダメ。そこぉ、今、で、出そうで我慢してるのにぃ……っ、摘んでぐりぐり、いやだぁ。そこ、今ダメなんだよ。ひい、そんなところ、グリグリ……一番、そこ、ら、ラメッ！」

蓮子は総長たちにお漏らし姿を見られたくないのか、下半身を逃がそうとする。

「逃がさない。総長たちにしーっかりと見てもらおうぜ」

腰を押しつけ、クリトリスを爪弾いた。瞬間、尿道からぴゅぴゅっと温かな液が数滴こぼれた。

「ふわあ、ちょ、ちょっと漏れたぁっ……！」

蓮子は鼻にかかった声を出し、身を揺する。

「いいだろ。景気よくお漏らしするところを見てもらおうぜ、特攻隊長としてさ。おしっこの先陣を切れよっ」

「と、特攻隊長と、ぜ、ぜんぜん、それ、か、関係……な、ないぃぃっ……おしっこ、先陣って、お、お前、ば、バカだぁあああ！」

歯を食い縛り、こみあげる尿意を必死に耐える。

しかし漏れるか否かの狭間で、被虐的な性感を覚えているのは明らかだった。

身体を前後に揺さぶられるたび、表情が目に見えてとろける。

帯刀は尿道の位置する裏側を意識的に削った。

「やぁっ、やあ……ラメッ、らめえ。そこ、オシッコの穴、い、いじめられたら、で、でちゃう。またこぼれるだろぉ……ああっ……ふぁああっ……ぐりぐりって、き、きついのぉうっ！」

ひくひくする小穴を優しく押しこむ。

「が、我慢したのにぃーっ……オマエ、あっ、ああっ、覚えてろぉ。こ、こんなことしてえ、ただで、す、すむとおもうなよ……あひいいいいい！」

今にも食いちぎられんばかりにラビアが収斂する。小穴を責める指先に生温かいおつゆの感触がひろがった。もう少しで堤防が壊れるであろうことは容易に想像できる。

「ああ、だめえ。総長見ないでえ。出ちゃうのが、とまらない。あふれちゃうんですう。いやあ、み、見ないでください。お、おしっこお漏らし……見ないでください……あひ、い、いや、と、とまらない……きちゃう！」

「蓮子、出るッ！」

「あ、あたしも漏れるッ！　溢れるうぅぅぅ！」

ドピュッ、ビユウウゥーッ！

肉棹が胎内で思いっきり跳ねあがり、情液を撒き散らす。

「イクッ……熱いの出されてイクウゥゥゥ！　ダメ、爆発しちゃう。オシッコ穴、爆発しちゃうの。いやあ、ごめんなさい総長、お漏らし……ひいいい、ごめんなさぁぁい……おもらし、でるううう！」

蓮子は涙をにじませ、たちまち上りつめてしまう。

尿道口がひろがり、プシャアアァァァッ……おびただしい尿を噴きあげた。

「おしっこいっぱいでる。とまらない、あひい、恥ずかしいのに気持ちいいのとまらない。スッキリしながらエロエロとまりゃないぃぃぃ！」

絶頂とも相俟って蓮子は特攻隊長とも思えぬ、だらしのない表情を曝してしまう。

「帯刀からの精液を受けとめ、お漏らしまでするなんて。スッキリした顔して、うらやましいやつめ」

「うぅぅ。総長、ご、ごめんなさいっ……ひぃ……音、きかないでくださいーっ……」

ペニスを抜けば収まりきれなかった精液が、陽根の直径通りにパックリと開いた肉のあわいから逆流してくる。蓮子の膣前庭はさまざまな体液が混ざり合ってグチャグチャだった。

「帯刀。次は私だな。一刻も早くお前のことが欲しい」

お尻に顔をうずめながら、伊吹が熱い吐息を吹きかけてくる。しかし。

「伊吹、悪いけど、次は私よ」

いきなり仁亜子から胸を小突かれ、絶頂の余韻で力の入らない帯刀はあっという間にあお向けに倒れてしまう。

仁亜子は帯刀に馬乗りになると、まだまだヤル気満々の剛直を愛おしげに撫で、陰口を押し当ててくる。

「仙堂くん、あなたのを私が全部受けとめて、あんな貧乳娘よりもずーっと気持ちよく扱き立ててあげるからね」

クチュゥ！

「はぁ……あ、はあん！　仙堂くん、ようやく私、仙堂くんの咥えられるのね。仙堂くんのこと、癒してあげられる……あぁぁん……いっぱい、私のなかを感じていいんだからねっ」

自重により、太茎が濡れそぼった膣内にズルリと嵌りこんだ。

行き止まりを穿った瞬間、仁亜子のワガママオッパイが縦に横に上に下にと激しく飛び跳ねる。

「あなたは動かなくていいから。私が、あなたを癒す……き、気持ちよくしてあげるから……あ、アアンッ……太いの、いっぱい、私のひろげてぇ……あん、恥ずかしいくらい、あそこがひろがっちゃってるの……ひぃぃん！」

堂々のHカップを誇るダイナマイトボディが帯刀の逸物を丸呑みし、頬をピンク色に染めあげながら腰を振ってくれている。

それも仁亜子は風紀委員会のトップだ。役職とは裏腹な背徳的かつ淫楽的な行為がさらに劣情をかき立てた。

「こんな姿、後輩たちには見せられないですよね。校内で風紀委員長が、男のもの咥えながら腰ふってるなんて……ぐちゃぐちゃっていやらしい音までたてて」

「い、言わないで、……あううッ。だってこれはお礼だから……あなたにキズつく役を押しつけてしまった、私の不甲斐なさの、お、お詫び、だからぁ……あひぃぃぃ！」

腰を持ちあげ、亀頭冠がのぞきそうになったところですとんと腰を落とす。

愛液の飛沫が飛びちり、グゥゥゥンと膣壁全体が伸縮する。

「ま、まだガンバルから。あなたが満足できるまで、私……一生懸命、ほ、奉仕、するからあっ」

太腿をたぷたぷ揺らしながら、腰を持ちあげる。充血して敏感になっている陰唇にカリが引っかかれば、仁亜子は切なげに鼻を鳴らす。

「デカパイ女の思い通りになんてさせない。風紀委員にいいところを持ってかれたなんて言われたら生徒会の恥だからな！」

戦線に復帰した蓮子は仁亜子の後ろへまわり、波うつワガママオッパイに指先を食いこませ、乳首を揉み潰した。仁亜子の肢体がビクンと反応する。

「だめぇ……はあぁん、あなた、やめなさいよぉ！　ち、乳首、潰すの感じちゃう……胸、敏感だからぁっ……はあ、あああぁん」

「すっげえ切ない顔すんだな。怪物オッパイだから感じないのかと思った」

「感じるに……ひい……き、決まってるでしょ！　ひ、ひんぬーには、と、到底わからない……アアアンッ、気持ちよさなのよぉ……ひぃぃぃ、潰すのらめえ、先っぽ敏感なんだから、そんな潰したら……あひぃぃぃ！」

のけ反りながらM字に開かれたら両足が感電したように戦慄いた。

「にゃんこ、やらしい顔をしてるんだな。まるでセックス中毒者だ」

伊吹が頬を紅潮させ、ハッハッと夏場の犬のように呼吸をする。

「帯刀、舐めてくれ。私もお前のものに奉仕するから」

伊吹は帯刀の顔をスレンダーな両足で蟹挟《かにばさ》みにして、汗と愛液で変色した赤い下着のクロッチ面を擦りつける。

伊吹の顔は仁亜子と帯刀との交接部分に向けられ、シックスナインの形になった。

帯刀の胸板に押しつけられたぷりぷりの乳房が柔らかにひしゃげ、キメの細かい肌はまるでシルクの装いだ。

「総長……んぅ……ちゅるるるう……チュパッ！」

帯刀は顔を蟹挟みしてくる両足を撫でながら、下着ごしにラビアを刺激した。

繊維の柔らかさとすぐ向こうにある粘膜の弾力感を楽しむ。

「ハァンッ！　ああん、いいぞ……帯刀、さすがは私の舎弟だ。ハァッ……お前の舌が、私のに馴染んでるのがわかる……フハァッ……ムフッ……んう……私の割れ目ぇお前にしゃぶられて、はぁんっ……喜んでるぞぉっ……！」

伊吹は仁亜子と帯刀の接合部分に舌を這わせた。唾液と愛蜜によって恥丘に萌える仁亜子の金髪アンダーが撫でつけられる。

「やぁぁん！　伊吹、ダメ。今そこダメ、敏感……仙堂くんのを咥えて喜んでいる最中だから……あひ……仙堂くんの受け入れて、身体が敏感になって……ヒィイン！」

さらに蓮子から乳首を引っ張られれば、身体がビクンと跳びあがった。

「うっわ！　デけえし、重いチチだな、コレ。そのクセ、男をひきつけやがるうらやましいヤツ！」

「にゃんこ、ホラ、動かないと。じゃないと帯刀が生殺しで可哀想じゃないか。いやしてくれるんだろ、帯刀のことを」

「言われなくとも、わかってるわよ。癒すのは私しかいないんだから……こ、これくらいなによ……」

腰を押し進め、勃起を呑みこむ。膣口は突っ張り、愛液をだらだらと滲ませる。

「あヒィッ！」

生硬い子宮口を押しあげる男根の威力に、仁亜子はポニーテールを振り乱し、汗の粒を散らした。

「ほら、おいしくのみこんだから、すぐ腰をあげるんだ。動かないと、帯刀が気持ちよくならないだろ」

仁亜子がヒイヒイと喉を嗄《か》らせて喘ぎながら、戦慄く腰を持ちあげる。またたくまに、ホルスタインのような肉感あふれる肢体は汗みずくになり、官能的に火照った。露わになった肉棒と襞がめくりあげられ、キリキリとひきつる。本気汁が滴った。

「風紀委員長のあそこがすっかりドロドロだな。普段、なにかとうるさいくせに、こんなにエロエロなおつゆを滲ませてるんじゃ、世話ないよな」

伊吹は男根に抉られ、捲れあがった粘膜へ舌を這わせる。脳天で快美電流が爆ぜた。

「クリトリス、い、いじめないでえ。ダメ、そこ……い、弄くられちゃうと……あひ……す、すぐにどうにかなっちゃうから、仙堂くんのこと、ちゃんとしてあげられない……お願い、許してっ」

莢《さや》から飛びだした芯を集中的に愛撫され、仁亜子は哀願する。

仁亜子は惑乱したように全身を痙攣させ、身動くことすらつらそうだ。

「センパイ、あとは任せてください」

仁亜子の細腰をつかむ。

帯刀は唇をすぼめ、次から次へとショーツを透過しては滲んでくる伊吹の蜜で喉を潤しながら、仁亜子の胎内の蹂躙をはじめた。

「せ、仙堂くん……ひいいぃぃん！」

子宮口を押しあげる感触が棹に伝わった。

ズチュ、ブチュ、ヌチュ、グチュ、ズリュ、ヌヂュ、グジャッ！

「あっ、ダメえ、は、早い、はやいの。ぐちゃぐちゃって……ひい、い、いや。かき混ぜられてエッチなおつゆも、エッチなひだひだも、は、はみだしちゃう……ひい、ひゃあぁ……早い、早すぎる。おかしくなっちゃう……ぐちゃぐちゃ、らめえ！」

間髪入れない激しいピストンを集中的に子宮口へあてがわれ、仁亜子は髪を振り乱して身悶えた。

「にゃんこ、ンフフ、エッチなネバネバがたくさん出てきてるぞ。風紀委員長が男にまたがって泣くなんて、信じられない光景だな」

伊吹は幼なじみの蜜口から滲む本気汁をなめとり、クリトリスを舌先でツンツンと押しやる。

仁亜子はブルッブルッと胴震いしながら涕泣《ていきゅう》をもらした。

「言わないで……あっ、ん、風紀委員だけど、私だってこんなにもいやらしい身体だって知らなかったの。……いやあん、感じるのがとまらない。仙堂くんのもので私の身体、どんどん開発されてるっ」

帯刀のほうも蓮子から乳首を甘嚙みされ、突きあげがどんどん激しくなる。

ズン！　ズンッ！　ズブズブ！　グジュッ！　ズブゥンッ！

激しい突きあげに、乳房がブンブンと跳ねる。

「刺さるう……ひいッ、こんないっぱい奥に刺さるのだめ。壊れちゃう、あそこが、らめっ、激しすぎる、すごすぎるの……癒すどころじゃなくなっちゃう、狂っちゃうッ……私、エッチが大好きになっちゃうの、あひーッ！　このままじゃエロエロ風紀委員になっちゃうのっ！」

帯刀の勃起肉はロデオの荒馬のように何度も乗り手を串刺しにした。交接部分は体液が絡み合い、混ざり合って、泡立つ。

「も、もうイクッ……爆発する、身体……ひいぃぃ、イクの。せ、仙堂くん、ごめんなさい。あなたをいやさなくちゃいけないのに、私のほうが先に、いやされて……ああ、感じさせられて、極まるのっ！」

「センパイ、俺ももうイキますから。一緒に気持ちよくなりましょう！」

帯刀は奥歯を食い縛りながら、腰をひときわ押しだした。亀頭を包みこむ子宮口の吸引力に腰が戦慄く。

ドビュルルルルル、ビュルル、ビュブ！

「あああ、身体にいっぱい、熱いの溢れちゃう。ひいい、風紀委員長なのに校内エッチ、中出しで幸せになっちゃうの。中出し、いぃの。学生の間は避妊しなくちゃいけないのに、中出しサイコオオオオッ！　仙堂くんのが私のなか、いっぱい、熱いので溶かされてぇ……ああ、いくう!!」

仁亜子は胎内いっぱいに牡汁を吐瀉《としゃ》され、恍惚の桃源郷まで飛ばされてしまう。

「あぁっ……」

仁亜子が脱力してくずおれた。

すると間髪入れず、伊吹からお呼びがかかる。

「帯刀。もう我慢できない。お前が欲しい。私の身も心も、お前が欲しくて、もう気が狂いそうだっ」

伊吹はシックスナインの姿勢をほどくと、片足を高々と持ちあげた。

紐状に細く捻れた下着の向こう、真っ赤に腫れあがった肉裂が撫でつけられた陰毛と絡み合いながら、くぱぁっと淫唇を披露する。

「伊吹さん」

帯刀は股間を解放した状態で、伊吹に飛びかかった。

彼女のお尻を抱きかかえ、対面立位の格好で二人の女性のすすり泣きにまみれた陰茎を、遮二無二突きこむ。

「あっ、あああぁ、帯刀ぃっ……！」

伊吹は長い髪をざっくり波うたせ、美貌を淫蕩に染めあげる。

「ま、待っていた。これをずっと、ようやく私のなかに……あぁあっ、く、くるうの。ンハァッ……アウッ……帯刀の太いのが、私のなか、あンッ……刳り貫かれる……私のなかにねじこまれて……あン、いっぱい奥まで達しちゃうっ」

根元まで一気に押しこむと、ビクンと下半身が大きく震えた。

伊吹は身じろぎ、媚笑を浮かべる。バストがたぷんと大きく波打った。

伊吹はしなやかな両足を帯刀の腰に絡めてグッと引き寄せ、密着感を高める。

「伊吹さん、気持ちいいよ。俺のにぴっちりって吸いついてっ……アアアッ……やっぱり伊吹さんのが一番だ」

「と、当然だろ。お前は私の舎弟なんだ。舎弟を気持ちよくできずに、姉貴分なんて務まるはずないだろ。アアッ、もっと満たせ……お前のものお腹で感じさせてくれ」

帯刀は最初からフルスロットルで勃起を穿ちこんだ。

充血して膨れた陰唇を貫き、一気呵成に腰を振り立てた。

「ンゥゥッ！　ああん、いいぞ、帯刀、最高だ。お前のものは私のなかに合ってる。お前に私の処女を奉げたから、私のなかはお前の形に造り替えられてるんだな、きっと……アアアアッ！」

粘膜が収斂してギュウギュウと雄渾を絞りあげた。

「伊吹、相当感じてるのね」

「にゃ、にゃんこ、今は、邪魔しないで。今は、私と帯刀の時間だからぁっ」

背後に現れた幼なじみに伊吹は声を震えさせる。

全身から汗をちびらせ、帯刀の律動に合わせて蠢く牝豹の艶姿は、ぞくっとするほどに見応えがあった。

と、伊吹は不意に、お尻にひんやりと冷たい感触を覚えてしまう。

「にゃんこ、お前っ」

仁亜子の股間からは黒光りした男根が生えていた。

「前は散々、これで私をいじめてくれたわよね。この際だからちゃんと仕返しはさせてもらうわ」

「やめろ……い、今は帯刀だけを感じていたいんだっ」

「ダメよ」

仁亜子がペニスバンドを押しだしてきた。菊穴が反射的にキュッと縮みあがるが、それでも無理やり食いこまされてしまう。

「さ、裂けるッ！」

以前一度だけお尻で帯刀の指を受けとめたことはあるが、だからといってペニスバンドはあまりにも無茶すぎだ。お尻がキュッと持ちあがり、身体がビクッと揺れる。

「大丈夫よ。エッチなおつゆでちゃんと濡らしてあるから」

「ひぎぃ！　だ、だめぇ……お尻、そんな……やめ、やめろぉ……ああ、入るうぅ……うぅぅ！　お尻、さ、裂けっ……ウゥゥゥゥ……ああ、お尻がひろがってぇ……いやなのにぃ……あっ、太いのが、あああ、入るうっ……あああぁん！」

ペニスバンドにまぶされた仁亜子自身の愛液が潤滑油となり、腸腔はたちまち疑似男根を呑みこんでしまう。

「ひいいいいいいい……！」

アヌスを貫く疑似男根に、伊吹は目を大きく見開いた。

「ああ、私のなかに、さ、刺さってぇ……ああんっ！　伊吹のお尻を犯しながら、私も、一緒に気持ちよくなっちゃうの」

異形《いぎょう》に刺し貫かれた腸内粘膜はジンジンと熱く痺れ、前と後ろからいっぺんに太々したものを呑まされて呼吸が引き攣る。

「伊吹さん、平気ですか……ああ！」

締まりが断然よくなったラビアに、帯刀が情けない声をあげた。

薄い膜を隔てたアヌスはペニスバンドに押しだされ、より密着度合いが増す。

「今はダメ。ふ、二人ともお願いだから……動かないで……今、動かれてしまったら、死んじゃないそうなのっ」

伊吹は乙女のようにすすり泣いた。

「総長ともあろうものがこれだけのことで音をあげていいの！」

「し、仕方がないだろ……こんなこと、はあ……ああッ……お、おかしくなる……お尻、そんなぶっといオモチャを入れられて、ああ、いくらなんでも、こんなのって……い、息ができなくなる……ああ、すごすぎるうっ！」

伊吹は前後からの信じられない二輪刺しに煩悶を隠しきれない。

生汗が垂れ、どうしようもないほど身体が火照ってしまう。

お尻が熱を孕み、ジンジンと痺れた。それはしかし痛みではなく、疼きだ。

「ごめんなさい、伊吹さん。こんなに締められたら我慢できないっ」

「ら、らめッ……帯刀、まだ馴染んでな――」

帯刀による律動の再開を期に、仁亜子のほうも腰を振りだした。

前後の粘膜が入り口から深いとこまでを一息に押しひろげられ、刳り貫かれ、壮絶な震えが爪先から脳天にかけて迸る。

「だ、め、だぁっ！　お尻ぃ、裂けっ……ひ、ひぃッ、あっ、あああっ……んぐぅ、むうぅっ……こ、壊れるぅっ、お尻をそんなにいっぱいひろげられちゃったらガバガバになっちゃう……ひああ！」

尻粘膜を深々と刳り貫かれ、伊吹は涙目になり鼻を鳴らす。汗みずくになり、ぽうっと全身が燃えあがった。

「散々風紀委員をバカにしてくれた仕返しよ。私だって、いつまでもあなたにバカにされたままで終われないもの」

伊吹を突きあげるほど仁亜子自身も快感を貪れるせいか、彼女の端整な顔は真っ赤に紅潮して息遣いも乱れる。

前後からのタイミングを合わせたリズミカルな抽送に、伊吹は「ひい、ひいいッ」と声を引き絞り、帯刀へぎゅっとしがみついた。

「ズンズンって、深いところまで帯刀とにゃんこが、く、くるうっ！　ひいい、あひぃぃ、激しい、はげ……激しすぎる。ダメえ。前もお尻の穴もこねまわされたら、引っ張られたら……あひぃぃ……死んじゃう。ああッ、おま×こもお尻もこんなにめった刺しされたら、すぐにおかしくなっちゃう！」

ペニスバンドのイボイボがなめらかな腸肉を摩擦し、抜かれる時は怒濤のごとき排泄感に襲われ、背筋が引き攣る。

疼痛と悦楽が綯《な》い交《ま》ぜになってハリケーンのように蜜壺を駆け巡った。

「伊吹さん」

「帯刀、わ、私はぁっ……ンウゥゥッ！」

伊吹の負担を少しでも軽減してあげたくて伊吹の唇を奪った。

彼女の舌は迫りくる恍惚を前にしておののき、帯刀の舌へと縋りついてくる。

「んちゅ、ぢゅるる……ンフッ……たてわきぃ……ひぃぃ……たてわきぃの唾液、ちようらぁい……んふ、んくぅぅ……ンクッ……んごくっ……おいしい、たてわきのだえきが、わたしのなかに、し、しみてくる……ごくごくっ」

伊吹は唇を窄め、帯刀の唾液を飲み下す。細い喉が何度も波を打った。

「伊吹、すごくきついわね……シュゥウゥッ。お尻の穴がこんなに締めつけて、んッ……伊吹がどれだけ感じているか伝わってくるわよ」

陰唇はボタボタと愛蜜をたらし、尻穴はすっかり皺をなめされ、極太ディルドウによって貫かれるがままになった。引き抜かれるたびに、ヌポッ、クポォッと空気の混ざった破廉恥な音まで響く。

「総長、いやらしい顔してますね。お尻とおま×こをひろげられながら、まるでフツーの女の子だ」

蓮子は伊吹の下へ身体をすべりこませると、会陰へと舌を這わせてきた。

「だ、だめだぁ、レンコン……激しくお尻を擦られたらぁ……アアアッ、お尻で、く、狂ってしまうぅっ」

ディープキスもままならないほどの掻痒感に、伊吹は全身を戦慄かせる。

「総長、エッチなおつゆ、すごい。こんなにいっぱい……気持ちよくなって……えろえろ……んちゅーっ！」

蓮子は会陰だけでなく、散々穿られて敏感になっている肌へも惜しげもなく舌を這わせて味わい、自らを慰めた。パンパンに張りつめた肉芽を揉みこみ、さっき出したばかりの尿水で汚れた小穴をくりくりと弄くる。

「ンヒィッ！　レンコン、らめっ……だ、だめなんだっ……あああっ、そんなに刺激されちゃったら、くすぐったいのに感じるッ……気持ちよくなるのがとまらなくなってしまうぅっ」

伊吹は絶息寸前にも似た荒い息遣いながら、気分の高揚を感じた。

子宮口を激しく小突かれ、一方で排泄器官を疑似男根でいじめ抜かれ、表情が蕩けてしまう。

「伊吹さんのなか、どろどろに蕩けて、絡みついて最高です。気持ちいい……このまずっと伊吹さんのなかにいたい、ここからもう一生でたくないっ」

「伊吹、いやらしい顔ね。風祭グループの令嬢であるあなたが、こんなにも変わるなんて。これもやっぱりこの学校の総長になったせいよ、だからお尻をいじめられて感じる変態になってしまうのよ！」

子宮をズンッと貫かれればその勢いでお尻は後ろへ傾く。かと思えば、今度は直腸へディルドウの一撃だ。まるで破廉恥な振り子時計のように恋人と幼なじみの間に挟まれ、無限の悦楽の渦中に呑みこまれてしまう。

「二人ともぉ……ああっ、やめろ、これ以上つづけられたら、私は本当に、どうにかなってしまいそうなんだ！」

粘膜がささくれ立つような鋭い刺激で責め抜かれ、伊吹は色狂いのように感じる自分を抑えきれなかった。

「総長、えろ……エッチな……んちゅ、おいしい、おつゆぅ……そ、総長ぉ……こんなにエッチな姿、総長はさらすんですね」

「わ、私は……もう、ダメ……限界くるぅ……お尻も、あそこも一緒にぐちゃぐちゃにされて、もう耐えられない……これ以上、我慢できない……するの、限界なんだっ。くるっ……き、きちゃう。アアアッ……二つの穴を犯されて狂うぅ……お尻もあそこも全部燃えあがって、爆発する！」

「伊吹さん、俺ももう……！」

「ああ。伊吹のお尻の震え感じながら、私も達しちゃう。風紀委員が、幼なじみのお尻責めながら……アアッ……イクの、極まるの」

「総長ぉ……。あ、あたしも……も、もう限界です。またあふれます。総長のエッチなおつゆペロペロしながら、お、おしっこ、あああ……漏らしちゃう！」

四方八方から悦びの矢を浴びせかけられてしまう。伊吹は上半身を伸びあがらせる。

「帯刀ぃ、アアアッ、お前のでイカせてくれ。お尻でなんてイキたくない。お前の精液でイキたいんだ。舎弟で気持ちよくなりたい。オモチャじゃなくて、お前の熱い体液とたくましいので、私を幸せにしてくれえっ」

帯刀の背中に爪を立て、自ら積極的に腰を振りたてる。

愛液の飛び散る淫ら音がジュブ、ジュバァッと爆ぜた。

「わ……私、イクうッ……ああ、高まるう。幼なじみのお尻をいじめながら、私も達しちゃう。伊吹の締めつけが、ああああ、オモチャなのに……私、本当におちん×んついてるみたいなのぉっ！」

仁亜子は幼なじみのアヌスを抉り貫き、小鼻を膨らませながら上りつめる。

「総長、そうちょうおぉ……ひゃああ、イクウゥ！　オシッコがまた出る。イクのとお漏らしがつながちゃってます。総長許してください。こんなお漏らし隊長でごめんなさい、きひいいい……お漏らしシーシーあふれるッ！」

蓮子は白目を剝いて、二度目のお漏らしを盛大に披露してしまう。

「伊吹さんのなかを、僕ので満たしますからぁっ」

帯刀は腰を振りあげ、伊吹の最奥でマグマを炸裂させる。

ドビュ、ビュルルルゥウッ！

膣がギュウッと緊縮し、精液を奥へ奥へと招き入れた。

「ああっ、帯刀の熱いの噴きだしたぁっ。わ……私、イックウゥ……死んじゃう、身体とんじゃう、とぶ、とぶううぅ……舎弟ので熱いのに満たされて、お腹たぷたぷになる。ああ、イクウゥゥゥ……ッ！」

辛抱に辛抱を重ねた末にもたらされた快美の炸裂に、伊吹は随喜の涙を流した。

見る見るうちに伊吹の胎内に精液が溢れ、下半身がピーンと引き攣る。

プチャ、プチャァア！　尿道が戦慄きながら潮をちびらせ、グッとのけ反った。

「た、帯刀……さすがは私が見込んだ男だ。はあ、ああ……うぅぅ、あ、すごい量で、お腹が熱くて、重い……んぅぅぅ！」

仁亜子や蓮子は体力の灯火が尽きたようにぐったりともたれかかる。

「帯刀」

「は、はい」

「舎弟のくせに、私がいじめられてるのを見て、昂奮してただろ」

「ごめんなさ……ンゥッ！」

半ば強引にキスを求められ、唇を舐められる。

「まったく悪い舎弟だよ、お前は」

「怒りましたか？」

「イヤ。幸せだよ」

伊吹は長い絶頂の余韻に戦慄き、頬を紅潮させながら、はにかんだ。

誓いのエンディング　ずっと貴女についていく

羽工との争いから二週間あまりが過ぎた。

伊吹によって羽工の頭が、そして帯刀の母たちの活躍によって武闘派の有象無象《うぞうむぞう》が潰されたことによって羽工は目に見えて静まりかえる。

そしてこの一件は事態の派手さも手伝い、清咲の生徒の誰もが知るところとなった。

その結果、

「よぉおし、おまえら気合い入れてけよ。総長に認められたかったら訓練、訓練、訓練あるのみだからなぁっ！」

運動場で希望者たちを前に、蓮子が訓辞をたれれば、
おーーーーーーーーーーーす!!

総勢五十名あまりの生徒会入会希望者たちが応じる。

「あたしセンパイ、おまえら後輩！」

「おーーーーーーーーーす!!」

帯刀は生徒会からその様子を、伊吹とともに眺めていた。

「……総長、蓮子をまたおだてたんですか？」

「おだててなんかいないさ。ただ新人教育を任せられるのはお前だけだ、期待していると言っただけだ」

伊吹はテーブルに両足を乗せながら言った。

「そういうのをおだてるって言うんじゃ……」

「それは誤解だぞ。私はやれると思うからこそ任せるんだ」

帯刀は苦笑する。

「……でもよかったです。たくさんの人が生徒会に入りたいと思ってくれたんですから。怪我の功名ってやつですかね」

「今はな。これが一カ月後にはどれくらいになっているかだ。期待はしていない。ミーハーな連中にレンコンのシゴキが耐えられるとは思えないからな」

「伊吹さんはそれでいいんですか」

「頭数だけを増やしてもどうにもならない。それこそ羽工の二の舞を演じるだけだ。生徒会に連綿とつづく精神を受け継いでくれる人間が一人でもいてくれればいい。そしてそれは叶っている。レンコンが、そして……お前が、私の元にはいてくれるんだからな」

伊吹は立ちあがり、帯刀と向かい合う。

「帯刀」

伊吹の瞳のなかに、柔らかな輝きが浮かんでいる。

「伊吹さん……」

帯刀は誘蛾灯に惹きつけられるように唇を近づけた――と。

「伊吹っ」

部屋の扉が乱暴に開かれ、仁亜子が乗りこんできた。

「……無粋だぞ、にゃんこ」

「あらお邪魔でしたか。ではごゆっくりー………って、違うわよ。なにやってるのよ、ここは校内よ、生徒会よ、不純異性交遊……」

「禁止で、本当にいいのか」伊吹がにやりと笑う。

「き、禁………………………自重！」

「話がわかってきたじゃないか。帯刀にかき混ぜられてあそこだけじゃなくて、頭も柔らかくなったか」

仁亜子は顔を火照らせた。

「そ、そそそ……そんなことより運動場のあの集団はなんなの。今度は軍隊でも創る気!? 今すぐ彼らを解散させなさい。さもなければあなたたちを捕縛します。逃げようとしても無駄よ、外はガッチリと風紀委員会が抑えてるんだからねっ」

「帯刀」

「はい」

「この場合、残された手段は」

「中央突破、あるのみです」

「よく言った」

伊吹は素早く帯刀の唇を奪った。顔を離し、呆気にとられている仁亜子を見据える。

「いくぞ、帯刀っ!」

「はい、総長!」

この人についていく。帯刀はその決意で胸を熱くしながら、伊吹と共に駆けだした。

（END）

美少女文庫
FRANCE SHOIN

上等《じょうとう》！　生徒会長《せいとかいちょう》サマの花道《はなみち》

著者／上原りょう（うえはら・りょう）
挿絵／仁村有志（にむら・ゆうじ）
発行所／株式会社フランス書院
〒102-0072　東京都千代田区飯田橋 3- 3 -1
電話（営業）03-5226-5744
（編集）03-5226-5741
URL http://www.bishojobunko.jp

印刷／誠宏印刷
製本／宮田製本

ISBN978-4-8296-5941-0 C0193